パーシーの魔法の運動ぐつ

ウルフ・スタルク
菱木晃子 訳
はたこうしろう 絵

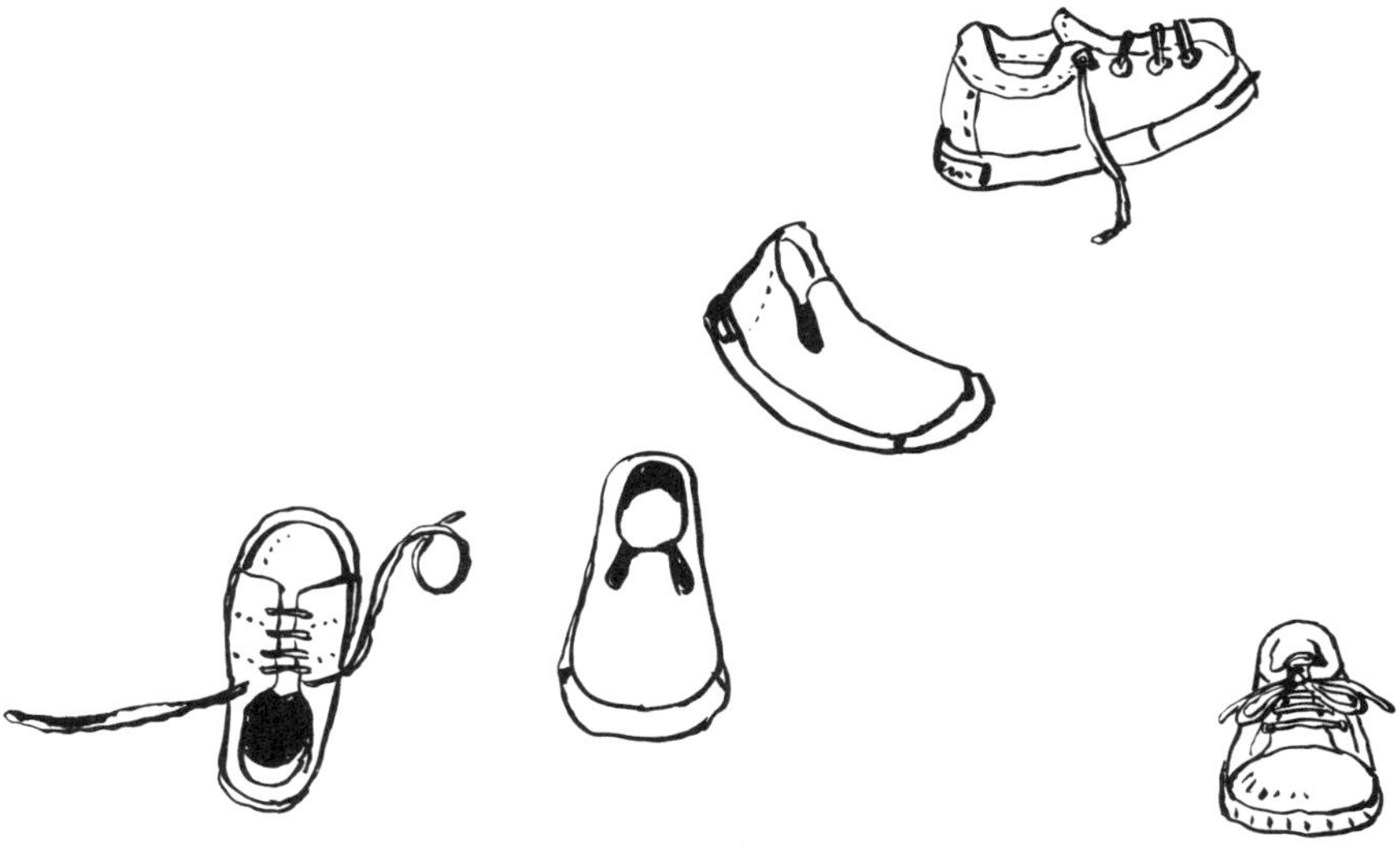

パーシーの魔法の運動ぐつ

もくじ

1 おっぱい見物

「おい、おまえら！　どこ行くんだ？」パーシーがさけんだ。パーシーは、くさりかけたカシの木にさかさにぶらさがって、ぼくたちをみおろしていた。

ヨーランとウッフェとぼくは、かまわず校庭を走りぬけた。

「べつに！」

「ヒミツをみにいくだけだよ！」

ウッフェとヨーランがいいかえした。

ぼくたちはいそいでいた。天気がいいし、学校もはやくおわった。ウッフェのうちの道具置《お》き場《ば》へ行って、やねの上からおっぱい見物をすることにしたんだ。

でもそのまえに、みんなでぼくのうちによってジュースを飲んだ。

老人《ろうじん》ホームのとなりにある大きな灰色《はいいろ》の家が、ぼくのうちだ。

むかいがわは、いつもぶすっとしているグスタフソンさんのうち。そのとなりがパン屋さん。坂をおりると、お葬式《そうしき》のときにつかう小さな礼拝堂《れいはいどう》がある。

ぼくたちは外へでると、坂をかけおりて、礼拝堂《れいはいどう》の前にとまっているぴかぴかの黒い車をみにいった。

パン屋さんからただよってくるこうばしいかおりをかぎながら、車をながめていると、礼拝堂《れいはいどう》から白い棺《かん》おけがはこばれてきた。ふたの上には、花がすこしだけのっている。

ぼくたちは制帽《せいぼう》をぬいだ。頭をさげ、「生きていてよかった」と肩《かた》をふるわせた。

そして、もう一度みんなでぼくのうちへ走ってもどって、ママのやきたてのパンをほおばった。

「これからなにをするの？　みんなでバドミントン？」

パンを食べおえたぼくたちに、ママがきいた。

「きょうは自然観察《しぜんかんさつ》に行くんです」ウッフェがこたえた。

ぼくたちはわくわくしながら、ウッフェのうちへかけていった。

ぼくたちが道具置《お》き場《ば》のでこぼこしたやねの上にはらばいになると、ちょうど、むかいの老人《ろうじん》ホームから、白衣《はくい》を着たヘルパーのおねえさんたちがでてきて、おっぱいをだしはじめた。

おねえさんたちはこれから、さくのむこうの木立の中で日光浴《にっこうよく》をするんだ。

白衣《はくい》の前ボタンをはずし、地面にあおむけになり、お日さまにむかって目をつむる――ぼくたちは、その一部始終をみることができた。

ヨーランは、どこかの木からもいできたリンゴをもぐもぐかんでいた。顔の横にぴんとはりだした耳が、二ひきのコウモリみたいにまっ赤にひかっている。

「へへ、なんてりっぱなパイパイ！」ヨーランは満足《まんぞく》そうにうなずいた。

ほんとうにみごとにふくらんだおっぱいが、ぼくたちの小さな鼻から十メートルもはなれていない草の上にころがっていた。

「きっと、フィンランドからはたらきにきた人たちだね」

「そうにきまってるさ」

ぼくとウッフェはささやきあった。

するととつぜんヨーランが、「命中させてやる！」といって中ごしになった。リンゴのしんをおっぱいめがけてなげつけようとしていたんだ。

「ばかなこと、やめろよ！」ウッフェがあわててヨーランをひきずりおろした。

「なんで？　ぜったいあたると思ったのに」

「そんなことしたら、みつかるだろ！」

「そうかあ。考えてもみなかった……」ヨーランは頭をかいた。

「きみって、ほんとになんにも考えてないんだから」ぼくはいった。

ぼくたちはそのままのかっこうで、しばらくのあいだ、道具置《おき》き場《ば》のやねにへばりついていた。

やがておねえさんたちは、白衣《はくい》を着て髪《かみ》の毛をとかし、ホームの中へひきあげていった。

ぼくのおなかは、オーブンの鉄板にのっていたみたいにちりちりにあつくなっていた。

「おい、これは最高機密《さいこうきみつ》だ。いいか、だれにもいうなよ」ウッフェがささやいた。

「おれがそんなにばかにみえる?」ヨーランがきいた。

ぼくは、「ちょっとね」といってやった。そして、「とにかく、ぼくはだれにもいわないよ」とつけたした。

「レナルトにもベッラにも、とくにパーシーにはぜったいないしょだ」ウッフェがねんをおした。

「ちかうよ。たとえ、あいつにぼくの制帽《せいぼう》をふんづけられても」ぼくはいった。

ウッフェは、指を切っておたがいの血をまぜあう〈ちかいの儀式《ぎしき》〉をしたがった。でも、指が切れるほどよく切れるナイフを、だれももっていなかった。

しかたないので、ぼくたちは、ただ親指をくっつけあった。

それから、ぼくはうちへむかってかけだした。

もう、ぼくのうちのおごそかな〈晩《ばん》さん〉がはじまる時間だった。

２　新しい青あざ

「スターリンめ、みていろ！」にいちゃんはそうさけんで、パックをゴールにいれた。四点めだった。

もうすぐ、ココアとサンドイッチの夜食の時間というとき、ぼくはにいちゃんとゲーム室でアイスホッケーゲームをしていた。

にいちゃんはぼくよりふたつ年上で、やせっぽちのおこりんぼ。ぼくはといえば、ちょっとふとっている。

にいちゃんは、ホッケーゲームが大すきだ。でも、ぼくは大きらい。だって、いつもスウェーデン対ソ連《れん》のソ連《れん》チームの役をやらされて、負けるってきまってるから。

「ねえ、すごいヒミツを知ってるよ」ぼくはしゃべりながら、ゴールネットからパックをつまみだした。

「ヒミツがどうした？」

「ヒミツはヒミツ」ぼくは、石段《いしだん》にぶつけてかけてしまった前歯をみせて、にっとわらった。

けれど、にいちゃんはゲームに夢中《むちゅう》で、なにもいわなかった。

二階からは、ママのピアノの音と美しくふるえる歌声がきこえていた。

となりのへやでは、パパがブツブツつぶやいている。フランス語を勉強してるんだ。ディン・ドン・クリーム・パンツ。ぼくにはどうしても、そうきこえるけど……。

にいちゃんはすぐにまた、パックをぼくの陣地《じんち》へおいこんできた。そして、「おまえのくだらないヒミツなんて、知ったことか！」とさけんで、きょうれつな一発を赤いゴールキーパーの顔にぶちあてた。

ところがぼくが、「はだかの女のことだよ」といったとたん、にいちゃんは急にレバーから手をはなした。

そのすきにぼくは、うごかすとキーキーいうぼくのキャプテンにパックをとらせた。

「なんだって？」

にいちゃんの顔は、生クリームみたいに白くなった。

「はだかの女だよ。洋服を着てない女！」ぼくはつぶやきながらシュートした。

やった！　敵《てき》のゴールキーパーは手も足もでなかった。生まれてはじめてのゴールだ！

STIGA

なのににいちゃんときたら、弟の一生に一度のゴールに目もくれず、いきなりぼくにおそいかかってきた。

「おれのへやにはいったのか？」

「え？」

「はだかの女だと？」

「にいちゃんのへやに、はだかの女の人がいるの？」

「たなの中をみたな？　おれの許可《きょか》なしに！」にいちゃんはどなりながら、ぼくのうでをボカボカなぐった。

いつもそうだ。にいちゃんは、かっとなるときまってうでをなぐる。おかげでぼくのぽっちゃりしたうでは、年がら年じゅう青あざだらけ。日光がシャンデリアに反射《はんしゃ》して、かべにうつったときみたいに、むらになっている。

でもぼくは、けっしてなぐりかえしたりしない。ママが思っているようないい子だからじゃない。なぐりかえしたりしたら、にいちゃんに、のこぎりでうでを切りおとされてしまうかもしれないと思うと、こわくてなにもできないんだ。

ぼくは大声でなきだした。

「なくな！」にいちゃんはどなった。

ピアノの音がやんだ。

「どうしたんだ？」パパがやってきた。

「なんでもない。こいつ、いすからころげて、うでをぶつけたんだ。ああ、いたそうだなあ」にいちゃんは、ぼくのシャツのそでをまくりあげ、あざだらけの右うでをパパにみせた。

パパは読書用めがねであざをみながら、「おやおや、かわいそうに」といって、ぼくの肩《かた》をとんとんとたたいた。パパの手には、歯医者の消毒用《しょうどくよう》アルコールのにおいがしみこんでいる。

「いま、フウフウふいてやろうと思ってたんだ」にいちゃんがいった。

「おまえたちはほんとうにいい子だ。兄弟がいて、おたがいにしあわせだよ」パパがそういうと、にいちゃんも、「ほんとうにしあわせだよ」とうなずいた。

ぼくはパパの胸《むね》に顔をうずめて、シクシクないた。パパの赤いネクタイに鼻水のしみがひろがった。

にいちゃんのへやもぼくのへやも、やねうらにある。

階段《かいだん》の上のちょっとひろくなっているところには、電車の線路が縦横無尽《じゅうおうむじん》にしいてある。きりかえポイントに、ふみきり。電池で走りまわる機関車《きかんしゃ》が二両。脱線《だっせん》させると最高《さいこう》におもしろいおもちゃだ。

けれどもその夜、ぼくはちっとも電車をいじりたいと思わなかった。

それよりなにより、にいちゃんのへやがみたかったんだ。ぼくは、にいちゃんがトイレへ行っているあいだに、にいちゃんのへやにはいってみた。

やっぱり思ったとおり。にいちゃんは、ぼくをだましたんだ。たなの中に、はだかの女の人なんていなかった。あるのは、パパにみつからないようにかくしてある読みふるしのマンガ本ばっかりだった。

ぼくは自分のへやへもどると、かぎをかけ、気持ちをおちつかせて、うでの筋力《きんりょく》トレーニングをはじめた。力いっぱいエキスパンダーをひっぱる。うでがゼリーみたいにぷるぷるふるえだす。それから大きく息をはく。そのくりかえしだ。

しばらくするとにいちゃんがやってきて、ドアの外でノブをガチャガチャやりだした。

どうせ、おならをしにきたにきまっている。にいちゃんは、ぼくがねようとすると、かならずおならをしにくる。毎晩毎晩《まいばんまいばん》すばらしいかおりにつつまれてねむりにつくのが、ぼくの日課《にっか》だ。

「ウルフ！　なんでかぎをかけてるんだ？　なにハアハアしてるんだよ！」

「ハアハアなんかしてないよ。ハアー」いっているそばから、ぼくは大きく息をはいた。

「ドアをあけたら、いいものをやるよ」

「いらない。だまされるもんか！」

「フン、こんど、おれのへやにはいったら、ただじゃおかないぞ！」にいちゃんは行ってしまった。

下では、パパのコレクションの時計がいっせいに時を打っていた。ディン、ドン、クリン……。時計もフランス語をならっているみたいに。

ぼくはうでを強くしたかった。だれもぼくをなぐろうなんて思わない、二度と青あざなんてつけられない、もりもりとした、たくましいうでに……。

もうすぐぼくは強くなる。きっとパーシーのように強くなってみせる！

そう自分にいいきかせて、ぼくは筋力《きんりょく》トレーニングをつづけた。

③ パーシーの運動ぐつをはじめてみたとき

パーシーは転校してきたばかりだ。学校の近くに新しくたったアパートにひっこしてきたんだ。髪型《かみがた》はあかぬけないイガグリで、クラスには、そんな髪型《かみがた》の子はだれもいない。

ぼくとなかよしのウッフェもレナルトも、とくべつけんかは強くないけど、パーシーはすごい。なにしろ、げんこつでなぐるのがうまいし、足で制帽《せいぼう》をふみつけると、つばがバリッとわれてしまうんだ。

休み時間はたいていてい校庭をぶらついていて、つばをペッとはく。これがまたかっこいい。

席《せき》はぼくのとなりだ。

授業《じゅぎょう》ちゅうは、まどガラスにぴたっと鼻をつけ、空をながれていく雲や〈木登り禁止《きんし》〉の校庭のりっぱなカシの木をみあげている。

そしてときどき、目はうごかさずに、てのひらだけをぼくの前にぬっとさしだす。

ぼくはそのたびに、つくえの中にしまってあるおかしのふくろからアーモンドクッキーやココナツクッキーをとりだし、パーシーのてのひらにのせてあげる。

パーシーがむこうをむいてもぐもぐ口をうごかしているあいだ、ぼくはうしろからパーシーの頭のかりあげ具合をみつめている。

パーシーは、ぼくのママがやいたクッキーをほんとうに気にいっている。


その時間、先生はずっと黒板にむずかしい式を書いていたけれど、パーシーがココナツクッキーをごくんと飲みこんだちょうどそのとき、こっちをふりむいた。

そして、うで時計に目をやり、ぼくににっこりほほえんだ。

「ウルフ、時間よ。行ってらっしゃい」

ぼくは、青い計算帳とふでばこをおかしのふくろの横にしまい、立ちあがった。

すると、パーシーも立ちあがって、いった。

「おい、どこへ行くのさ?」

「足の体操《たいそう》よ」先生がこたえた。

「足の体操《たいそう》? なんで?」

「ウルフは偏平足《へんぺいそく》だからさ！」ベッラがとつぜん大声でいった。

ぼくは、あわてて足をかくそうとした。クラスで、足の体操《たいそう》に行くのはぼくだけだった。ぼくの足には土ふまずがないからだ。

「計算問題はやらなくていいのか？」パーシーがいった。

「うん、いまから、足の指でビー玉をひろう練習をするんだ」ぼくはぼそっとこたえた。

すると、パーシーはドカッとつくえの上にこしをおろし、くつのひもをせっせとほどきだした。

「おれの足はどうだ？　先生、おれのもみてくれよ。ほら、ぺったんこだ。ヒラメみたいだ」

「パーシー！」先生が声をあげた。

「かんぜんにぺったんこだ。ほら！」パーシーは、とっくにくつもくつ下もぬいで、つくえの上に足をのせていた。そして、先生の前にきたない足をもちあげて、手をふるみたいに足の指をちょこちょこうごかした。

「おれも行っていいでしょ？」

「いいえ、あなたはここにいなさい。この話はもうおしまい」

「おかしいなあ。けさはたしかにぺったんこだったのに」パーシーはぶすっとふてくされた。

先生はだまったまま、パーシーのぬいだくつをみていた。

それからひもをつまんで、かたほうをもちあげた。

ぼくがパーシーの運動ぐつをはじめてみたのは、このときだった。

なんて、ぼろいんだ。まるで、おぼれたドブネズミみたい……。

先生は、運動ぐつをあわれむように、首をふった。

「パーシー、新しいのを買いなさいね」

「このくつのどこが悪いんだよ！」パーシーは、ぶらぶらゆれている運動ぐつに手をのばした。

「ちょっとやぶけてるからだよ」

ぼくが口をはさむと、先生は、「あら、あなた、まだいたの？」と声をとがらせて、ぼくをにらんだ。

「はやく、行きなさい！」

ぼくはパーシーの視線《しせん》をせなかに感じながら、つくえとつくえの間をぬって歩いていった。

「偏平足《へんぺいそく》でいいなあ！　おまえってしあわせなやつだなあ！」パーシーの声が教室じゅうにひびきわたった。

足の体操《たいそう》の時間、ぼくはたしかにしあわせだった。

ぼくたちは、ゆかに輪《わ》になってすわり、足の指でビー玉をつまみあげる訓練《くんれん》をする。

ぼくはマリアンヌのとなりにすわった。もちろん、マリアンヌも偏平足《へんぺいそく》だ。

マリアンヌは白いワンピースを着ていて、まっすぐな金色の髪《かみ》を赤いピンでとめていた。前歯は大きくて、とてもきれいだ。

色つきのビー玉をほそい指でつかんだときのマリアンヌは、どことなくウサギに似《に》ている。

そのビー玉を、マリアンヌはぼくにわたす。

「はい、つかんで！　つま先にしっかり力をいれて！」足の先生が声をかけた。

でも、ぼくはビー玉をおとした。いつもそうだ。マリアンヌの足がぼくの足にふれるときは、いつも……。

ビー玉は、ゆかの上をころころころがった。

マリアンヌがわらいだした。

ぼくもわらった。わらいすぎて目にたまった涙《なみだ》を、シャツのそででぬぐった。

「がっかりしないで。すぐにできるようになるわ」足の先生がぼくをはげました。

それからぼくたちは、のこりの時間、かかとをあげたりさげたりする体操《たいそう》をした。

教室にもどると、みんなは絵をかいていた。

テーマは木だ。ぼくはふしくれだったカエデの木をかいた。

パーシーは、キャタピラとほそながい大砲《たいほう》のついた戦車《せんしゃ》の絵をかいていた。かきながら、「おかしをもっといっぱいよこせ」とせっつくので、ぼくはおかしのふくろをつくえの中からとりだして、紙の下にかくした。

ふいにパーシーが、ぼくをドンとおした。そのひょうしに、カエデの上にななめの線がついた。

「昼休みに〈のろまのカタツムリ〉をやろうぜ！」パーシーがいった。

ぼくはどぎまぎして、つくえの上のおかしのふくろと重たいふでばこを、ゆかにおとしてしまった。

すると、先生がやってきた。

先生は手をパーシーの肩《かた》におき、パーシーの運動ぐつのまわりにちらかったクッキーのくずを足でこすった。

「パーシー、これはなに？」

「クッキーのくずさ。みればわかるじゃない」

「パーシー……」先生はためいきをついた。「いったいあなたは、そんなんで将来《しょうらい》なにになるつもり?」

「実業家さ」パーシーはさらっといいのけると、口の中のクッキーをかみつづけた。

4 〈のろまのカタツムリ〉

給食《きゅうしょく》のあと、パーシーはまるでむかしからの親友みたいに、ぼくのせなかをたたいた。そして、ぼくとばかななかまたちを、おもて通りへぞろぞろひきつれていった。

「さあみんな行こう。めっちゃくちゃおもしろいぜ」パーシーはいった。

〈のろまのカタツムリ〉は、単純《たんじゅん》だけど命にかかわるきけんなゲームだ。

自動車が一台走ってくるのをまつ。そして、その前を走ってわたる。自動車にいちばん近いところをわたったものが勝ちで、その日のヒーローになれる。負けたやつは、おくびょうもの。つぎの競争《きょうそう》のときまで〈のろまのカタツムリ〉とよばれるんだ。

ぼくは、一度もゲームに参加《さんか》したことはなかった。とてもじゃないけど、めっちゃくちゃおもしろいことには思えないからだ。

でもそのときは、パーシーについていくしかなかった。パーシーはぼくの足について、あれこれ話しかけてきた。

「おまえ、どうやって偏平足《へんぺいそく》だって、みんなに信じこませたんだよ?」

「ただ足をみせただけだよ」

「頭のいいやつだな。よし、おまえ、いちばん先にわたっていいぞ」

「あとでいいよ」ぼくは、もったいぶったようにいった。

サッカー場に面した歩道で、ぼくはほかの子たちが道路をつっきるのをみていた。さいしょに、クラスでいちばん足の長いエーリックがつっきり、それからロッフェとクリッランとベッラとヨーランが走った。

のこったのは、ぼくとパーシーとレナルトだった。

でも、レナルトは走らないだろう。パパが校医さんだから、けがをしたくないんだ。

「ちょっとトイレへ行ってくる」ぼくは両手をおなかにあてて、ゆりいすみたいに前後にからだをゆらした。

「まさか、びびってんじゃないだろ?」パーシーがいった。

「びびってるようにみえる?」

「ああ。でも、まさかな。こうすりゃいいのさ。カンタンさ!」

そういったとたん、パーシーはもう道路にとびだしていた。走ってきた車のすぐ前を、パーシーはつっきった。イガグリ頭が、ぴょんぴょこはねていくハリネズミのようにみえる。

ぼくは目をつぶった。いつかレナルトとみたハリネズミを思いだしたんだ。道路のまん中で車にひかれて、赤いおかゆみたいになっていたっけ。

するとぼくは、ほんとうにおなかのあたりがへんになってきた。むこうがわからパーシーのよぶ声がするまで、目をあけられなかった。

「おい、はやくしろ！　のこってるのはおまえだけだぞ！」

「へん、あいつは、こないよ！　ウルフはいくじなしだから、くるわけないって！」その時点でびりになっていたベッラがさけんだ。

「そんなことないさ。あいつは、いくじなしにみえるだけさ」パーシーがいった。

レナルトがぼくのジャンパーをひっぱった。

「い、行こうよ。こ、こんな、こ、子どもっぽいことやめようよ」

ぼくは、レナルトのうったえるような青い目を、いっしゅんのぞきこんだ。けど、すぐにレナルトをふりはらった。

トラックが走ってきた。大きくて重そうなやつだ。

トラックが売店のところまできたとき、ぼくは道路にとびだした。

ばかだった。あまりにもはやすぎた。ぼくが世紀《せいき》の〈のろまのカタツムリ〉ってよばれるのはまちがいない！

でも、そんなことはどうだってよかった。ぼくはあだ名でよばれるのにはなれている。にいちゃんは友だちをうちにつれてくると、みんなをわらわそうとして、ぼくのことを〈ぷるぷるゼリー〉とよんだりするから。

五歩すすんだところで、ぼくはトラックに目をやった。

トラックはまっすぐこっちへむかってくる。ぼくはこわくなって、とつぜんうごけなくなった。ただうでをひろげて、そこに立っていた。

「ウルフ、走るんだ！」レナルトがさけんだ。レナルトがつっかえずに口をきいたのは、はじめてだ。

むこうがわではパーシーが、「勝った！　ウルフの勝ちだ！」とはやしたてている。

トラックは急ブレーキをかけた。

車体がきしみ、タイヤが地面にこすれる音がした。

ぼくの目の前に、大きなボンネットがうかびあがった。

トラックはとまった。ほんとうにすぐそばだった。エンジンの熱があつかった。

ぼくは、運転手のおじさんがおりてきても、うごけずにいた。

おじさんは、ふるえる両手でぼくのジャンパーをつかんだ。

「おい、おまえ、なんで走らないんだ。いつもやってんだろ? なんでつっ立ってんだよ?」

ぼくはこたえられなかった。口をひらくことはひらいたんだけど、声がでなかったんだ。

「けがでもしたのか?」おじさんがきいた。

ぼくはくちびるをうごかしたけれど、水そうの金魚みたいで、声にならなかった。おまけに歯がガチガチ鳴りだした。

おじさんはぼくの頭をひきよせ、きずはないか、指であちこちさわってみた。

「頭でも打ったのかな……」おじさんはつぶやいた。「おい、だれか、この子が頭をぶつけるのをみなかったかい?」

「みなかったよ」ベッラがいった。

「ちぇっ。とにかく家までおくっていこう。この子の家はどこだか知ってるかい？」

そのときぼくは、やっとわれにかえって、はげしく首をゆすった。

するとパーシーは、ぜんぶわかったというように、うなずきながらいった。

「おじさん、ごめんよ。なんでもないんだ。こいつ、まえからこうなんだよ。生まれつきしゃべれなくて……。だけど、食べるものをやれば、すぐ元気になるよ。ジュースとチョコボールとかさ」

パーシーがそういうと、おじさんは、「ほんとうかい？」とききかえした。

「ほんとうだよ」パーシーはこたえた。

すると、おじさんは悲しそうにほほえんだ。そして、かわいそうにとつぶやいて、ぼくの頭をぽんとたたき、しわだらけの五クローネ札《さつ》をさしだした。

「これ、やるよ。なにかうまいものでも買いな」

おじさんはそういいのこすと、トラックにもどっていった。

運転手のおじさんは、みえなくなるまで、サイドミラーにむかって手をふっていた。

こうして、ぼくはその日のヒーローになり、パーシーはぼくの親友になった。

売店へ歩いていくあいだパーシーは、ぼくがどんなにすばらしいか、しゃべりつづけた。

「すごいよな。おまえのテクニック」

「テクニックって?」

「まずは偏平足《へんぺいそく》のふりだろ。それから、しゃべれないふり。天才だな。そんけいするよ」

「そんな……」

「さあ、みんなでかんぱいだ」親友のパーシーはいった。

みんなは、ぼくの五クローネでチョコボールとオレンジジュースを買い、かんぱいした。

けれどぼくはといえば、みんなのゲラゲラわらう声やムシャムシャ食べる音をききながら、ゴミ箱《ばこ》にかがみこんで、げろをはきそうになっていた。

「き、き、気持ち、わ、悪いの?」レナルトが声をかけてきた。

「だいじょうぶ」ぼくはいった。

５ バットでおしりをひっぱたく

つぎの日、パーシーが、「昼休みにブレンボールをやろう」といってきた。

ブレンボールは、ピッチャーがいなくて、かわりにバッターが自分でボールをノックしてベースをまわるゲームなんだ。

でも、ぼくはまだ頭の中がふらふらしていた。なんてったって、まえの日、死にそうになったんだから。

それで、ぼくは旗《はた》をあげるポールによりかかり、みんなの打ったボールが校庭の上をみごとなアーチをえがいてとんでいくのをながめていた。

むこうでは、マリアンヌが長なわとびをしている。金色の髪《かみ》の毛もいっしょになって、ぴょんぴょんはねている。

「おい、おまえの番だぞ！」

ぼんやりしているぼくに、ベッラがいきなりボールとバットをよこした。

「思いっきし、かっとばせ！」パーシーがさけんだ。

ぼくはボールをつかんだ。それから、バットの重さをかた手ではかってみた。だいたい五百キログらいあるかも。

「とぶわけないさ。ウルフは〈女打ち〉しかできないんだから」ベッラがいった。

〈女打ち〉。それはボールをワンバウンドさせて打つやりかただ。男の子が〈女打ち〉をするのは、もっともなさけないことだけれど、ぼくはいつもそれをしていた。

けれどこの日は、ぼくもボールを空になげあげ、からだをぐるぐるっと回転させてバットをふった。でもやっぱり、あと五十センチのところでからぶりだった。

「あーあー、空にあながあいちまったぞ。たすけてくれ！　空がおちてくるー！」ベッラがさわぎたてた。

パーシーはかがんでボールをひろった。肩《かた》からうでにそってボールをころがすと、ひじのうちがわでぽんとはねあげ、あざやかにキャッチした。

「ウルフ、その調子さ。あとはあてるだけさ」パーシーはぼくにボールをくれた。「いいか、よくボールをみろよ。ボールがおちてくるのをまって、肩《かた》の高さまできたらバットをふるんだ。わかったな」

「うん。頭がいいからね」

ぼくはそうこたえて、ボールをなげあげた。じっとみつめていると、ボールが空中でU《ユー》ターンしてくるのがみえた。うすよごれたボールとぼくは一体だった。

ボールが肩《かた》の高さまでおちてきた。

えい!

ぼくは思いっきりバットをふりぬいた。

こんどは手ごたえがあった!

ところが、あたったのはベッラのおしりだった。

ベッラは、わけもなくはらを立てることで有名なやつだけれど、その日はとくにきげんが悪かった。まえの日、〈のろまのカタツムリ〉になったのが、ぼくじゃなくて自分だったから、ひどくすねていたんだ。

「なにすんだよ!」ベッラは、両手でおしりをおさえながら、とびはねた。

「ごめん。みえなかったんだよ」ぼくはあやまった。

「みえなかっただと?」

「うん、ぜんぜんみえなかった」

「おまえ、目が悪いのかよ！」

「うん、たぶん、そう」ぼくは、まばたきした。

たしかにときどき目がかすんで、ぼやけた点しかみえなくなることがある。考えごとをしているときなんか、とくに。

でもそのときは、はっきりとみえた。ベッラは両手ににぎりこぶしをつくっていた。顔は、ぼくの自転車みたいに、まっ赤だった。

「うそつくなよ。みえてたくせに」

「ベッラ、おまえが小さすぎたんだよ」パーシーが口をはさんだ。

ベッラはかまわずぼくにむかってきた。

けれども、ベッラがぼくにつかみかかるまえに、パーシーがベッラの灰色《はいいろ》の毛糸のチョッキをつかんでいた。

「ウルフにさわるな！」

「あいつの鼻をへしおってやる！」ベッラはうなった。

「そんなことさせるものか！」パーシーはそうさけぶなり、ベッラのおなかをなぐった。そして、

ベッラがぐらっと前かがみになったところで、くちびるにもう一発ぶちかました。

ベッラは地面にドスンと、しりもちをついた。

とおりかかった男の先生が、「なんてことをするんだ！」とどなった。

ベッラはくちびるをみてもらいに、保健室《ほけんしつ》へつれていかれた。

「なんて、うまいんだ！　うますぎて、どうやってなぐったのか、わからなかったよ」ぼくはパーシーにいった。

するとパーシーは、「こうさ」といって、こんどはぼくのおなかと口をなぐった。

目の前に星がきらめき、あっというまに、ぼくは地面にすわりこんでいた。

パーシーはしたしげに、うなずいてみせた。

「カンタン、カンタン。すぐにおぼえられる」

「おぼえられっこないと思うけど、そのためだったら、なんでもあげちゃうよ」

「なんでもねえ……」パーシーは、ぼくがおきあがるのに手をかしてくれた。

もう昼休みもおわりで、いそいで体育の授業《じゅぎょう》に行かなければならない。

マリアンヌのそばをとおりすぎたとき、ぼくは血だらけのくちびるで、マリアンヌににっこりわらいかけた。

「あれ、だれさ？」パーシーがきいた。
「え、ただの女の子さ。マリアンヌっていうんだ」ぼくはこたえた。

⑥ パーシーの運動ぐつを二度めにみたとき

体育の授業《じゅぎょう》では、ぼくたちは、つなをよじのぼったり、とび箱《ばこ》をとんだり、ろく木《ぼく》にぶらさがったりする。

それから、あせをびっしょりかくまで、うで立てふせやでんぐり返しをやらされる。

でも、ぼくにとっては、なんの意味もない。なにしろぼくには、運動神経《うんどうしんけい》がないんだから。とび箱《ばこ》にはつっかかるし、ろく木《ぼく》にぶらさがるのがなんでそんなに楽しいのかも、さっぱりわからない。

なかでも最悪《さいあく》なのは、平均台《へいきんだい》だ。ぼくはいつもいつも、きまってころがりおちる。

けれど先生は、なんどでもやらせるのがすきな人なんだ。

「さあ、やりなさい。ちっともあぶないことじゃないのよ」この日も先生は、かん高い声でぼくにいった。

「あの、きょうはちょっと、いたいところがあって……」ぼくはいってみた。

「フン、なにいってるの！」先生はつめたい目でぼくをみて、すぐにぼくのからだを平均台《へいきんだい》の上におしあげた。

「くちびるです」

「どこがいたいの？」

ぼくはがたがたふるえる足で立ちあがった。白いランニングシャツと紺色《こんいろ》のズボンをはいたクラスのみんなが、はるか下のほうにみえる。

みんなは期待《きたい》にみちた目で、ぼくをみつめていた。

「おっこちるよ」ぼくはいった。

「おちないわよ。ちゃんとできるわ」

「じゃ、先生、かける？」

「いいから、さっさと、歩きなさい！」先生はきっぱりといった。

ぼくは、さいしょの一歩をふみだした。うまくいった。

二歩め。とつぜん平均台《へいきんだい》がゆれだした。ぐらぐらと、まるで大地震《おおじしん》がおそってきたみたいに……。

「あいつ、おちるぞ！」ベッラがさけんだ。

と同時に、ぼくはころがりおちた。目の前に火花がちった。びてい骨《こつ》をゆかにぶつけたんだ。ぼくは、おきあがれなかった。

先生は、うずたかくつまれた緑色のマットの上へ、ぼくをはこんでいった。それはいつも、でんぐり返しをするときにつかうマットだった。

のこりの時間、ぼくはそこにすわって、高速道路《こうそくどうろ》のような平均台《へいきんだい》の上をみんなが両手をひろげて歩くのをながめていた。

ところがパーシーは、歩くだけではものたりなかったらしい。うしろむきに歩いて、かた足でバランスをとり、垂直《すいちょく》にとびあがった。それからターンをきめて、体育館じゅうにひびく大きな音で、おならをぶっぱなした。そして、よろけもしないで、みごとに着地。

ああ、パーシーはほんとに平均台《へいきんだい》の天才だ！

けれども、先生は感激《かんげき》していなかった。鼻の頭にしわをよせて、パーシーのくつをゆびさした。

「またきょうも、そのくつをはいてるの！　つぎから新しいのをはいてきなさい」

「これが、おれのもってる中で、いちばんいいやつなんだよ」

「二度とみたくないわ。きいてるの？　わたしがいままでみた中で、いちばんひどいくつよ」

更衣室《こういしつ》へもどると、パーシーはしょんぼりとベンチにすわって、自分のくつをながめていた。

ほかの子たちは、シャワーをあびながら、ぬれたタオルでふざけあっていた。

「平均台《へいきんだい》がじょうずなんだね」ぼくはパーシーに話しかけた。

「まあな」パーシーは顔をあげずにいった。

「ぼくは、おっこちてばっかりさ。きょうは、おしりを打っちゃった」

「ふーん、いたかった？」パーシーは気のない声でいった。

「ううん、そうでもない」ぼくはこたえたけれど、ほんとうはせなかがしびれたみたいな感じがしていた。

「あーあ、きみみたいに平均台《へいきんだい》ができるようになるなら、なんでもあげるのになあ」

ぼくがつぶやくと、パーシーは急に顔をあげた。

「なんでも？」

「えっ？」

「なにをくれるかってことさ。たったいま、なんでもって、いったじゃないか！」

「うん、なんでもだよ。平均台《へいきんだい》ができるようになるならね」

するとパーシーは、両足をベンチの上にドカッとのせ、くつに

むかってうなずいた。それから、ぼくの耳にささやいた。

「このくつ、よくみてみろよ」

「う、うん」ぼくはあらためて、パーシーのくつをしげしげとながめた。

きっと、おなじようなくつには、めったにお目にかかれないだろう。

ひもはとちゅうでつぎたされているし、底《そこ》はすっかりすりへっている。おもての布地《ぬのじ》は、緑っぽい灰色《はいいろ》で、ぼろぼろ。フランスかぶれのぼくのパパがときどき買ってくる青カビチーズにそっくり。

おまけに、においまでおんなじだ。

「いいか。これはな、そんじょそこらのくつとはちがうんだ」

「うん」ぼくはあいづちを打った。

「これはな、魔法《まほう》の運動ぐつなんだ」

「え、魔法《まほう》？　どんな？」

するとパーシーは、ぼくのことを赤んぼうをみるような目つきでじっとみた。

「魔法《まほう》は魔法《まほう》だよ。おれがあんなに平均台《へいきんだい》がうまくできるのは、どうしてだと思う？　おれがけんかに強いのは、どうしてだと思う？　おれがこんなにしあわせなのは、どうしてだと思う？」

「くつのせいなの？」

「そのとおり。おまえは頭がいい。天才だ。だけど、このことはだれにもいうな。やくそくだぞ」

「ぼくがそんなばかだと思う？」

ぼくがいうと、パーシーはすっくと立ちあがった。そして、ぼくの肩《かた》をたたき、ゆかにペッとつばをはくと、魔法《まほう》にみちたかろやかな足どりで更衣室《こういしつ》からでていった。

その瞬間《しゅんかん》から、ぼくは、パーシーの魔法《まほう》の運動ぐつのことで頭がいっぱいになった。

食べているときも、歯をみがいているときも、運動ぐつのことばかり考えた。

そして夜、月がまどからへやをのぞきこんだとき、ベッドの中でひざをついて、神さまにおいのりをした。

「天にまします神さま、ぼくをおまもりください。そしてどうかぼくに、パーシーのようなくつをおあたえください」ぼくは、にいちゃんにきこえないように、ひくい声でそっとつぶやいた。

7 すばらしい箱自動車《はこじどうしゃ》

つぎの日、ぼくは自分の席《せき》から、パーシーのくつをながめてばかりいた。

パーシーはときどきこっちをふりかえっては、うなずきながら、つくえの下で足をちょこっとふってみせた。

ぼくは、くつから目がはなせなかった。休み時間になるたびに、くつのあとについていった。

授業《じゅぎょう》ちゅう、さされた質問《しつもん》はぜんぶまちがえた。

それで先生はとうとう、そばによってきて、ぼくの耳をひっぱった。

「ウルフ、いったいなにを考えているの？」

「くつです」ぼくは自分でも知らないうちに、そうこたえた。

クラスじゅうがどっとわらった。

でも、パーシーはわらわなかった。そのかわりに、ぼくのももをつねった。

先生は、「いまはキリスト教の時間だから、キリストのことを考えなさい」といった。

やっと学校がおわった。

ぼくたちはいっせいに校庭へ走りでて、しんせんな空気をすいこんだ。そして、リュックをはてしない空へなげあげた。

でも、ぼくのリュックはすぐに頭の上におちてきて、ぼくは地面にたおれた。

ウッフェがおこしにきた。

ウッフェはぼくのおさななじみ。そばかすだらけの、まんまるい、ちゃめっけのあるウッフェの顔は、小さいときからずっと知っている。その顔がぼくをふりかえって、心配そうにきいた。

「どうしたんだよ。きょうはずっと、ぼーっとしてるよ」

「うん。そうなんだ」

「こいよ。箱自動車《はこじどうしや》であそぼう。そうすりゃ、すっとするよ」ウッフェはぼくの肩《かた》に手をかけた。

ぼくは、箱自動車《はこじどうしや》で坂をすべりおりるのが大すきなんだ。

風が顔にあたるときのあの気持ちよさ。たいていの心配ごとは、ほんとうにそれで、すーっとしてしまう。

ぼくたちが歩きだすと、パーシーがぼくに手をふった。

「おーい、ウルフ。どこ行くんだ？」

するとウッフェは、ぼくのうでをひっぱり、かた目をぱちっとつぶった。

「行こう。あいつがくると楽しくなくなる」

けれどもぼくは立ちどまり、ひっしにパーシーに手をふりかえした。

「箱《はこ》自《じ》動車《どうしゃ》であそぶんだ。きみもくる？」

「あったりまえさ！」パーシーはどなった。


ぼくの車は、友だちのなかでもいちばんいいやつだ。

ほんもののハンドルがついているし、どろよけは金属《きんぞく》でできている。

バンパーはお日さまの光があたると、銀のようにひかる。ヘッドライトもあるし、座席《ざせき》はちゃんとしたかたいゴムでできている。

そして、スピードをだしすぎないように、足もとにブレーキがついている。

この車を買ってきたのは、パパだった。ある日ぼくがパパに、「木《き》箱《ばこ》で自《じ》動車《どうしゃ》つくるの、てつだってくれない？」といったら、パパは知りあいのところでやすくしてもらって、このすばらしい自《じ》

動車《どうしゃ》を買ってきたんだ。

箱自動車《はこじどうしゃ》は、ぼくのもちものの中で、いちばんいいものだ。

だから、ふだんはだれにも指一本さわらせないんだけれど、そのときのぼくは運転席を手でしめして、パーシーにきいた。

「運転する？」

するとパーシーは、なにもいわずにハンドルの前にすわった。ぼくはパーシーのうしろにのりこんだ。

ぼくたちの前には、急な坂道がつづいていた。ゆるやかな右カーブ、それから線路の下をくぐる左へアピンカーブだ。

「気をつけて運転してよ」ぼくは心配になって、いった。

「もちろんさ。それ、ゴールまで急降下《きゅうこうか》だ！」パーシーはスピードをあげた。

ウッフェの車とヨーランの車は、ぼくたちのよりもかるいので、前を走っていた。

けれどもぼくの車は、どんどんいきおいがついた。

パーシーは、ハンドルに前かがみになり、目をつりあげた。ブレーキはぜんぜんつかわなかった。

リンゴの木。街灯《がいとう》。よその家の郵便受《ゆうびんう》けが、映画《えいが》のこまおとしみたいにすごいスピードで目の前

をとおりすぎていく。

ぼくは頭がくらくらしてきて、とばされないように、パーシーのジャンパーにしっかとしがみついた。

「へへい、やつらにおいつくぞ！」パーシーがいった。

ゆるやかな右カーブで、三台の自動車はならんだ。

するとふいに、パーシーはハンドルをきった。

ぼくの車のどろよけが、ヨーランの車の前輪《ぜんりん》をこすり、キキキキーッと音がした。

ヨーランはよけようとして、ウッフェの車にぶちあたった。

ふたりの車は道のへりをとびこえ、フェンスに激突《げきとつ》した。

ぼくは目をつぶった。

目があけられたのは、線路の下のせまいトンネルの中でようやく車がとまったときだった。

ちょうど、電車がガタゴトと頭の上をとおっていた。

「勝ったぞ！　すっげえ車だ！」パーシーはいった。

「うん、なかなかいいだろ」ぼくは立ちあがった。

「なかなかだと？　へん、世界で最高《さいこう》の車だぞ！」

「どろよけがちょっとへこんじゃったけど……」ぼくががっかりしてつぶやくと、パーシーは「それがなんだってんだ」といった。

ぼくたちは電車が頭の上をとおりすぎるまで、車のわきに立っていた。

それから、ぴょんぴょんはねながら、ありったけの声でさけんでまわった。すごく楽しかった。

すこしすると、ぼくはとびはねるのをやめて、パーシーの運動ぐつに目をやった。

「ねえ、パーシー。それって、どこで手にいれたの？」パーシーがとびはねるのをやめたとき、きいてみた。

「手にいれたって、なにを？」

「魔法《まほう》の運動ぐつ」

「さあな。おれはとうさんからもらったんだ。たぶん、ほかにはないんじゃないかな」

「そうだよね。あるわけないよね……」ぼくは箱自動車《はこじどうしゃ》をひいて、歩きだそうとした。

すると、パーシーはぼくをつかまえた。

「まてよ、おまえの足、みせてみろ」

ぼくは、かたほうの足をパーシーにつきだした。

「そうじゃなくて、くつもくつ下もぬいで」

そこでぼくは、車にこしかけて、くつのひもをほどいた。

ぼくは自分の足がはずかしかった。

にいちゃんはぼくの足を、突然変異《とつぜんへんい》だという。土ふまずがないし、どの指もころころまるくて、まるでビー玉かジャガイモをならべたみたいだって。

でも、ぼくの足にもひとつだけいいところがある。おふろにはいると、足のうらの白い皮がすーっとむけるんだ。にいちゃんは皮をむくのをおもしろがる。だけどにいちゃんったら、ぼくがみていないとき、ぼくのまくらもとのスタンドに、むいた皮をのせたんだ。スイッチをつけたら、スタンドがあつくなって、へやじゅうすごいにおいになった。

パーシーはぼくの足の皮をむいたりしなかった。かたほうの足を手にとって、指でおしてみたり、くつ屋さんみたいに大きさをはかってみただけだった。

「うん、まさにぴったりだ」

「なにがぴったりなの?」

「運動ぐつがだよ。おれの魔法《まほう》の運動ぐつがさ……。おまえ、こんなくつが手にはいるなら、なんでもあげるっていったよな」

「うん。なんでも」

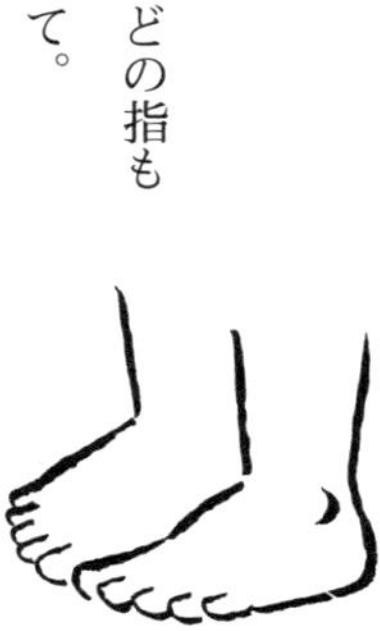

「そうか。なら、おまえ、こいつを買ってくれ」

「くつを売りたいの？」ぼくは自分の耳が信《しん》じられなかった。

「ああ、そうさ」パーシーは元気のない声でいった。「おれにはもう小さいんだ。つま先がきつくて……。ちぇっ、ほらここ」

ぼくはみた。親指がにゅっととびだしている。さっきまでは、ちっとも気がつかなかった。

「う、うん。きつそうだね」

「そうなんだ」パーシーはためいきをついた。「買ってくれるかい？」

「もちろんさ。いくらなの？」

するとパーシーは、頭をかいた。それから、ぼくをみた。自分のくつをみた。鼻をほじった。そして、箱自動車《はこじどうしゃ》をみた。

「わからないな。これは魔法《まほう》のくつだし、ほかにおなじものはないわけだし……。ちょっと考えさせてくれ。で、おまえはどんなものをもってるんだ？」

「この車だよ」

「ああ、そうだな。だけど、すこしへこんでるぜ」パーシーは考えぶかげにどろよけをなでた。そして、にっこりわらった。

「ま、こいつは大切にさせてもらうよ。おまえは、おれのいちばんの友だちだからな。おまえがほかにどんなものをもっているか、そのうちみせてもらうよ」

「パーシー、きみって、なんていいやつなんだ。ぼく、あした学校へもっていくよ。ぼくがもっているものをいろいろと」

「あしたか。よし。わすれるなよ」

「うん、ぜったいわすれない」ぼくはいった。

パーシーは、ぼくの箱自動車《はこじどうしゃ》といっしょに歩きだした。

ぼくは、トンネルの入口からさしこんでくる光に、パーシーの黒いかげがきえていくのをみおくった。

そして、しばらくのあいだそこにつっ立ったまま、もうすぐ自分のものになるあの運動ぐつのことを考えた。

〈晩《ばん》さん〉の時間を知らせるママのふえがきこえてくるまで、ずっとそうしていた。

食事のあと、ウッフェが電話をかけてきた。

でも、いつものような明るいはずんだ声ではなかった。

ウッフェの声はふるえていた。それに、鼻をすすっているみたいだった。

「おれの車、ぽんこつになっちゃった……」

「かわいそうにね」ぼくはいった。

「おまけに鼻をぶつけたんだ。いま、でっかいばんそうこうをはってる……」

「ほんと？　かわいそうに……」

「ヨーランは耳をけがしたんだぞ」

「そう、運が悪かったね」

「ウルフ！　なんであいつに運転なんかさせたんだ？　なんでおれが無視《むし》しろっていったのに、あいつをさそったんだ？　なんであいつなんかとなかよくするんだよ！」

「だって、パーシーはぼくの親友なんだよ」

「…………」

ウッフェはなぜか、だまったままガシャンと電話をきってしまった。

⑧ スーパーマンとパガニーニ

その夜、ココアとサンドイッチの夜食の時間になっても、ぼくはなんにもほしくなかった。

いつもなら、サンドイッチをココアにつけて、きらきらひかる油が表面にうかびあがってくるのをみるのが楽しみなんだけれど、その夜のぼくは、しあわせをかみしめてひとりしずかにしていたかった。

だから、おなかがいたいことにした。

「ウルフ、だいじょうぶかい？」パパは心配そうにぼくをみて、「プルーンをすこし食べるかい？」ときいた。

「それより、すぐにねたほうがいいわ」ママは、自分の胸《むね》にぼくの顔をおしつけた。

「うん、そうするよ」ぼくは両手をおなかにあてて、階段《かいだん》をあがっていった。

ぼくのへやには、いろんなものがある。ぼくは、ぜんぶみてみることにした。

つくえのひきだしをひっぱりだし、サイドテーブルの中をあさり、ビー玉のふくろをひろげ、ベッドの下の箱《はこ》をひっかきまわした。

パーシーはきっと満足《まんぞく》してくれる。あした、ぼくのリュックのなかみをみたら、すぐに魔法《まほう》の運動ぐつをくれるだろう。

そしてぼくは、なんでもできるようになるんだ！

そう考えると、ぼくはうれしくて、ついついうかれてしまった。うかれすぎてぼくは、にいちゃんのへやへ行き、にいちゃんのたなの中にまで手をのばした。

そこには、にいちゃんが友だちのニッセからかりてきたマンガ本が山づみされていた。パパとぼくにみつからないように、いちばんおくにかくしてあったんだ。

パパはマンガがきらいだ。マンガを読むとばかになるっていうんだ。

でも、にいちゃんもぼくもマンガには目がない。チャンスさえあれば、すばらしい、色のきれいなマンガ本にとびついてしまう。それに、マンガ本はいいにおいがする。ばかになったっていい。マンガにはそれだけの価値《かち》がある。

ところが、ぼくがにいちゃんのたなの中にみつけたのは、マンガ本ばかりじゃなかった。はだかの女たちだ！

ターザンやスーパーマンの間に、はだかの女たちがいた！

マンガ本の間に、べつの雑誌《ざつし》がはさまっていたんだ。洋服を着ていない女の人たちの写真がのっている雑誌《ざつし》が……。

つやつやひかるからだに、大きなおっぱい。女の人たちは、いまにもねむってしまいそうな半分とじた目で、ぼくをみつめていた。

ぼくまで、気がとおくなりそうだった。

ぼくはしばらくのあいだ、ゆかにすわりこんで、ねむたそうなはだかの女たちをながめていた。

それから雑誌《ざつし》をもとへもどすと、『スーパーマン』を一さつつかみ、へやへもどった。

ぼくは、ベッドにねころんで頭をかべにもたせかけ、スーパーマンを読みはじめた。

読みはじめるとすぐに、なにもかもわすれてしまった。自分のことも にいちゃんのことも世の中のこともすべて……。

なぜって、ぼくはスーパーマンになっていたんだ。

「シュッ！　ゴスッ！　スパッ！」声をあげながら、両手のげんこつで、ママがぬったきれいな金色のまくらをたたく。

ぼくはたたかいのまっさいちゅうだ。

1732-RE

て、けちらした。
いかれた連中《れんちゅう》がスーパーマンにおそいかかってくる。スーパーマンは、敵《てき》のひとりの鼻をなぐっ

「シュッ！　アウッ！　オオーーー！」ぼくの声はますます大きくなった。

そのとき、ドアのところにパパが立っていた。

「ウルフ、どうしたね？」

パパは、ベッドの上ではねたりねじれたりしているぼくのからだを、しげしげとみつめた。

「ウウッー！」ぼくは、急にとめられなくて、いいつづけた。

パパは足ばやに近づいてきた。

「いたいのか？」

「え？」

「かなりおなかがいたいみたいじゃないか。腸《ちょう》だとしたら、たいへんだ。どんな感じだい？」パパはひんやりした手を、ぼくのシャツの下につっこんだ。そして、おなかの上をなでまわした。

あんまりくすぐったいものだから、ぼくはベッドからとびだして、はげしく息をした。

「ヒイ、ヒイ……」

「そんなにいたいのか？　きっと盲腸《もうちょう》だ」

パパのことばをきいたとたん、ぼくはおちつきをとりもどした。盲腸《もうちょう》のことなら知っている。盲《もう》腸《ちょう》になったら、病院へ行っておなかを切らないといけないんだ。

「う、ううん。さっきよりすこしよくなったみたい」ぼくはいった。

「そうか。ならいいが……。はやく横になって、やすみなさい」

ぼくはベッドにねころんだ。

パパは前かがみになって、まくらをととのえ、ぼくのおでこにキスをした。

そのときだった。パパが『スーパーマン』をみつけてしまったのは。

パパの目がみるみる大きくなった。ベッドのすみからマンガ本をひろうと、表紙に書いてあるボールペンの字を読んだ。

〈ニッセ・オーグレン〉

「これはなんだ？　マンガじゃないのか？」

「そ、そうだよ」

「どっからもってきたんだ？　こういうくだらないのを読んじゃいけないっていっただろ？」

「みつけたんだ」

「みつけた？」

「にいちゃんのへやで……」

ぼくがそういうと、パパはマンガ本をまるめて、てのひらをパシッとたたいた。そして、ドアのほうへ歩いていった。

「にいさんと話してくる」パパの重い足音が階段《かいだん》にひびいた。

それから、にいちゃんをよび、にいちゃんに話しているパパのこわばった声がした。

げんかんのドアがバタンとしまった。にいちゃんがニッセにスーパーマンを返しにでていったんだ。

数分後、バイオリンの曲がきこえてきた。

パパだ。パパがレコードをかけたんだ。居間《いま》のペルシャじゅうたんにねころび、目をつぶっているんだろう。

ぼくはそっと下へおりていって、パパのとなりにねそべった。にいちゃんがもどってきたときに、ひとりきりでいたくなかったから。

パパはぼくの手をにぎった。

そうして、ぼくとパパはしずかに耳をすましていた。

バイオリンの音色《ねいろ》と、家中のパパの時計が時をきざむ音。まるで、音楽という風にゆられてすすむ、空とぶじゅうたんにねているような気分だった。まどからさしこんでくるおだやかな、バラ色の夕ぐれの光の中に、ふわふわとただよいながら……。

「きいてるかい?」パパがぼくにささやいた。

「うん」

「目をとじて楽しめばいいんだよ。どんなときでも気持ちがよくなる。どうだ?」

「うん」ぼくは目をとじた。「さっきより、よくなったよ」

「これはパガニーニの作曲したバイオリン・コンチェルトだ。ひいているのは、超一流《ちょういちりゅう》のバイオリニストのヤッシャ・ハイフェッツ。ヤッシャ・ハイフェッツのようにひける人はほかにいない。おぼえておきなさい」

「うん、おぼえておく」

しばらくして、にいちゃんがもどってきたとき、ぼくはまだ、パパとじゅうたんの上にねそべっていた。

にいちゃんは、なにもいわずに自分のへやへ行ってしまった。

ぼくは、すこししてからこっそり階段《かいだん》をあがっていった。ママがくれたくだものをおさらにのせて、手にもっていた。

ところが、にいちゃんは自分のへやのドアのかげで、ぼくをまちかまえていた。

目はぎらぎらといかりにもえ、ぼくの前に立ちはだかった。

「しかえしをさせてもらうぞ。このつげ口野郎《ぐちやろう》！」にいちゃんは両手のにぎりこぶしをふりふりいった。

「けど、すぐに後悔《こうかい》するよ」ぼくはいいかえした。

「なんだと？」

「もうすぐ、ぼくは強くなるんだ。いまほっといてくれたら、あとでなにもかもゆるしてやるよ」

「おまえ、どうかしたのか？」

「さいごのチャンスだよ」

ぼくがいったとたん、にいちゃんは、ぼくのおなかをものすごい力でなぐった。

緑色のおさらは、ゆかにおちてこなごなにわれてしまい、ぼくはほんとうにおなかがいたくなった。

にいちゃんは行ってしまった。

ぼくはゆかにのびていた。

のびたまんま、もうすぐぼくのものになる運動ぐつのことを考えた。

9 取引《とりひき》

つぎの朝、ぼくはいつものようにはやめに家をでて、ウッフェのうちへよった。

学校へ行くまえに、ウッフェの犬のペックをさんぽさせるのが、ぼくの毎朝のきまりなんだ。そして、さんぽのあとで、ぼくとウッフェはいっしょに学校へ行くことになっている。

ぼくがウッフェのうちのよびりんに親指をおくと、すぐにペックのよろこぶ声がきこえてきた。

ペックはボクサー犬だ。顔はしわだらけで、おしりにはちょん切ったしっぽのあとがついている。それが、あわだて器《き》みたいに、くるくるよくうごく。

ぼくはペックを外へつれていき、おしっこをさせるのが大すきだ。

ペックは、ぐんぐんぼくをひっぱって、街灯《がいとう》のにおいをかぎまわる。

ぼくは、ポケットにいれてきた角ざとうをやる。ペックがほんとうにぼくの犬になったつもりになって……。

自分の犬をかうこと、それが、ぼくのまえからの夢《ゆめ》だった。

ところがその朝、ウッフェは、ぼくにペックのさんぽをさせてくれなかった。おまけに、学校へもいっしょに行かないといいだした。

ドアをちょっとだけあけて、でっかいばんそうこうをはった鼻をつきだし、こういったんだ。

「パーシーと行けばいいだろ。どうぞ、ごえんりょなく！」

「うん。だけど、あいつのうちは方向がちがうんだよな」とぼくがいうと、ウッフェはバタンとドアをしめた。

それでぼくは、ひとりで歩いていった。でも、しあわせだった。

お日さまが青い空から光をなげかけている。鳥たちがあちこちの庭の木でさえずっている。そしてせなかのリュックには、パーシーのあのすばらしい運動ぐつと交換《こうかん》するいろんなものがはいっている。

ぼくは、通りをとことこかけていった。

けれども、パーシーはなかなかこなかった。

それに、学校へきてからも、ちっとももってきたものをみてくれない。

ぼくがパーシーの足もとにリュックをおくと、パーシーはそれをどけろとまでいった。

「ぼくがなにをもってきたか、みたくないの？」

「ばか、ここじゃだめだ」

「どうして？」

「取引《とりひき》するんだぞ。どこでもいいってもんじゃない。取引《とりひき》するときは、おちついて、ゆっくりとやるもんだ。ウルフ、おまえ、取引《とりひき》のこと、よく知らないな？」

「うん、知らない」

「まっ、いいか。すぐにおぼえるさ。学校がおわったら、おれのうちへこい！」

「うん。きみって、なんでも知ってるんだね」ぼくはいった。

パーシーはうなずくと、走っていって、いつもの古いカシの木へよじのぼった。子どもたちがおちて死んでしまうといけないから〈木登り禁止《きんし》〉になっている木に。

そのとき、ベルが鳴った。

パーシーはくさりかけたえだにひざでぶらさがり、さかさまになってぶらぶらゆれていた。

一世紀《せいき》にも感じられるくらい、ながい一日だった。

ぼくの頭には、ひとつのことしかなかった。パーシーのうちへ行き、取引《とりひき》のしかたをならうこと。

でも、パーシーはちっともあせっていなかった。自分の席《せき》にゆったりとすわり、ぼくのおかしを食べていた。授業《じゅぎょう》がおわっても、すぐに帰ろうともしなかった。

さいごの時間はししゅうだった。

ぼくたち男の子はみんな、ししゅうなんてちゃんちゃらおかしくて、女の子だけにむいているものだと思っている。だから、ししゅうの時間になると、めちゃくちゃにふざけて、はりで足をつつきあった。

ところが、パーシーはそうじゃなかった。ちゃんと席にすわってはりをうごかしていた。パーシーが一度だけ立ちあがったのは、ベッラが糸の玉をヨーランの耳になげつけたときだった。

ヨーランは悲鳴をあげた。玉があたったのが、まえの日の自動車レースでけがした耳とおなじ耳だったんだ。

「耳が！　ぼくの耳が！」ヨーランはわめきながらとびはねた。

「しずかに！」先生がどなった。

それでもぼくたちがしずかにしないと、先生はハンドバッグでつくえをバンバンバンとたたいた。

パーシーが立ちあがったのは、このときだった。

「先生のいってることがきこえないのか？　おまえらがさわぐと、おちついてししゅうができないじゃないか！」

みんな、しんとなった。

パーシーはこしをおろし、もくもくとししゅうをつづけた。ベルが鳴ってもやめなかった。

みんなはあっというまに、制帽《せいぼう》をななめにかぶって、とびだしていったけれど、ぼくはリュックをせおい、ドアのところでまっていた。

「ねえ、パーシー。きょうはもう、おわりよ」先生が声をかけた。

「そうだよ」ぼくも足をふみならしながらいった。

するとパーシーは顔をあげた。

「もうすこし、のこってちゃだめ？」

「まあ、あなた、学校にのこりたいの？　どうして？」先生がきいた。

「ししゅうが楽しいからさ」

パーシーのこたえに、先生はほほえんだ。

「わかったわ。もうすこしね」

先生はゆっくりとパーシーのそばへ行き、パーシーのこまめにうごく指とはりをみつめた。はりは青い糸をしっぽのようにつけて、布地《ぬのじ》のおもてとうらを、でたりはいったりした。

先生はしばらくのあいだなにもいわず、じっとそこに立っていた。

ぼくもパーシーのそばへ行った。

「ねえ、取引《とりひき》しようよ」

「わかってる。このスミレができたらな」パーシーはいった。

やがて、スミレができあがった。

先生は、よくみえるように、布地《ぬのじ》のはしをもちあげた。

とってもじょうずだった！　布地《ぬのじ》のふちどりは金色で、まん中に花があり、その上の〈オヤスミ、トウサン〉という文字は、ピンクのクロスステッチできれいにさしてあった。

きっと、まくらにするつもりなんだ。

先生も、目がうるんでくるまでみとれていた。

「ちぇっ、字がまちがってる？」パーシーがきいた。

「いいえ。ちゃんとあってるわ。それにとってもすてき」

「先生、とうさんも、そう思ってくれるかな？」

「ええ、もちろんよ」

「おれのとうさん、もうすぐたんじょう日なんだ。まくらをプレゼントしようと思ってさ」

「きっと、よろこんでくださるわ」

「へへん。とうさんは、ねるのが大すきだからな」

パーシーが手芸用品《しゅげいようひん》をつくえにしまうと、先生はパーシーのイガグリ頭をぽんぽんとたたいた。

こうして、やっと学校から帰れるときがやってきた。

いよいよ、パーシーのうちで取引《とりひき》がはじまるんだ。


パーシーはビュール通りのアパートにすんでいる。

階段《かいだん》を二階まであがると、パーシーがくさりで首にぶらさげていたかぎで、ドアをあけた。

中にはいったとたん、香水《こうすい》のいいかおりとタバコのけむりにつつまれた。

おくのソファで、頭にカーラーをまいたパーシーのママが、週刊誌《しゅうかんし》を読みふけっているのがみえた。

「はやく、おれのへやへこいよ」パーシーがささやいた。

パーシーのへやはたいしてひろくなかったけれど、勉強づくえはあった。

パーシーはいすにすわると、すぐにつくえの上に足をのせた。

ぼくは、つくえをはさんで反対がわのいすにこしかけ、リュックをひざの上においてまった。

「ねえ、取引《とりひき》ってどうやるの？」

「ふん。まずはタバコさ」

「タバコをすうの？」

「そうさ。ハマキでもいい。でっかい取引《とりひき》のときは、ハマキをすうもんさ。まっ、いまはタバコでいいさ」

パーシーはポケットからつぶれた箱《はこ》をとりだし、しわだらけのタバコを一本よこした。そして、マッチで火をつけた。

ぼくの口の中で、けむりが風船みたいにふくらんだ。

「すえよ。けむりをすいこめばいいんだ」

ぼくは、いわれたとおりにした。

こんなに気持ちの悪いのは、はじめてだ！　おなかはコンクリートミキサーみたいによじれ、むせてむせて、ぼくはありったけのつばをはきだした。

「ウルフ、うまいか？」パーシーは、ぼくのせなかをたたいた。

「う、うん、とっても……」

それからぼくたちは、さらに二、三口すった。

やがてパーシーは顔を青くして、これぐらいでじゅうぶんだといった。

「いい気分だ。さてと、そろそろもってきたものをみせてもらおうかね」

ぼくたちは鼻につんとくるタバコを、植木ばちの受けざらの中でもみけした。

ぼくはリュックから品物をとりだし、だまって、きずだらけのつくえの上にならべた。

品物はたくさんあった。

　蒸気《じょうき》マシン――これは、いつかのクリスマスにパパとママからもらったものだ。

　コルク玉のないコルクピストル。

　もっている中でいちばん大きいビー玉、三こ。

　ケースいりのほんもののストップウオッチ。

　オレンジ色のミニカー。

　切手のつまった切手帳――ぼくは切手集めには、たいしてきょうみがわかなかった。

　パーシーは蒸気《じょうき》マシンをいじった。ストップウオッチをケースからだした。ミニカーをうごかした。けしゴムのかけらで、コルクピストルをためした。目をひからせて切手帳をめくった。

そしてさいごに、ぼくをしんけんなまなざしでみて、こういった。

「これでぜんぶか？」

「え？　これじゃたりないの？」ぼくはききかえした。

「ああ。みんな、いい品物だ。だけどな、取引《とりひき》をするときは、できるだけ多くのものを手にいれようとするものだぜ。ウルフ、ほかにはどんなものをもっているんだ？」

「どんなものって？」

「なんでもいいんだ。たとえば、サッカーボールとか」

「うちに帰れば、もうすこしなにかあると思うけど」

「よし。すぐにおまえのうちへ行こう。なにがあるかよくみてやる。せっかくのいいものをのがさないためにな」

パーシーはもう、いすから立ちあがっていた。


でかけようとすると、パーシーのママがぼくたちに気がついて、あまったるい声で歌をうたいながらこっちへやってきた。そしてケタケタとわらい、ぼくの髪《かみ》の毛をくしゃくしゃにしゃになでまわした。

「パーシー、友だちを家につれてくるなんて、いいことじゃない」

「おれたち、もうでかけるんだ」

「あら、いますぐじゃなくてもいいでし

よ。おどりましょうよ」パーシーのママはそういって、ぼくを居間《いま》へひっぱっていった。「あなた、ダンスはすきよね」

「ええ、まあ。やったことはないんですけど」

「カンタン、カンタン。すぐにおぼえられるわ」パーシーのママはいった。

ぼくたちはおどりだした。

パーシーのママは大またでうごいた。ぼくは、ついていくのにひっしだったけれど、ダンスは楽しかった！

「うたってるのは、フランク・シナトラよ。フランク・シナトラみたいにうたえる人はほかにいないわ。きいて！」

パーシーのママは、ぼくによくきこえるようにと、大声でうたいだした。

「あなたはーしっかりー、わたしのーものぉー」あんまり大声をだすものだから、パーシーのママの口からきょうれつなにおいがもれてきた。それは、診療室《しんりょうしつ》からもどってきたときの、ぼくのパパの手とおなじにおいだった。

ぼくたちがおどっていると、パーシーのパパが帰ってきた。

パーシーのパパは、ドアのところにいっしゅん立ちどまってから、プレーヤーのところへドカドカと歩いていって、スイッチをきった。

「おれはフランク・シナトラが大きらいなんだ！　まだわからんのか！」

するとパーシーのママは、ぷいとへやからでていってしまった。

パーシーのパパは、つっ立ったまま鼻をひくつかせ、ママののこしていったにおいをかぐと、あけっぱなしのドアをにらみつけた。

パーシーはパパの手をとった。

「つかれてるの？」

「ああ」パパは気のない返事をした。

「きょうはたくさん取引《とりひき》したの？」

「ああ」パパはパーシーの手をふりほどこうとした。

「なら、ゆっくりやすまなくちゃ」とパーシー。

「取引《とりひき》でつかれたんですね」とぼくもいった。

するとパーシーのパパは、ぼくのことをじろっとみた。

「おまえ、だれだ？　取引《とりひき》のことを知ってるのか？」

「ウルフだよ。こいつはなんにも知らない。もう帰るところさ」

パーシーがそういうので、ぼくはびっくりして「きみもくるんじゃないの？」ときいた。

「ぼくのもっているものがみたいんでしょ？」

「ああ。でも、いまじゃない。あしたにしよう。きょうは、とうさんといっしょにいたいから」パーシーはこたえた。


帰り道、ぼくはうきうきしていた。うれしくてうれしくて、オルソンさんのうちの高いトウヒの木にいるクロウタドリみたいに、高らかに口ぶえをふきならした。

なにもかもうまくいってる！　パーシーはぼくがもっていたものを気にいってくれた。あしたになれば、もっとたくさんいいものをみつけてくれるだろう。そうすれば、魔法《まほう》の運動ぐつはぼくのものになるんだ。

ああ、やっぱりぼくって、ほんとに天才かもしれない。

10 パーシーの発見

つぎの日はくもりだった。学校の帰りに、パーシーはぼくのうちへやってきた。

うちの前までくると、グスタフソンさんが黄土色の皮のきれはしで、青い自動車をみがいていた。

ぼくたちがそばをとおりかかると、グスタフソンさんは顔をあげた。

「こんにちは」ぼくはおじぎをした。

「こんにちは」グスタフソンさんも、ひくい声でいった。

それからぼくたちは、家の中へはいった。

ママはぼくが友だちをつれてくるのを大かんげいした。ぼくの友だちに会えるのがうれしいから。

そして、お手製《てせい》のパンやジュースをごちそうしながら、友だちのパパがどんな仕事をしているか、きくんだ。

この日もママがおなじことをきくと、パーシーは「ブラインドをあつかってる」とこたえて、パンをどっぷりとジュースにつけた。「つまり、実業家さ」

「なるほどね」ママはにっこりした。

「とうさんはすごいやり手なのさ。神さまだってくそくらえ。だれが相手でもうまいことやれるんだ」

パーシーがそういったとたん、ママの顔から、さっとほほえみがきえた。

ママは、きたないののしりことばがすきじゃない。それに、パーシーみたいなイガグリ頭もきらいだ。

ママは心配そうにパーシーの髪《かみ》の毛をながめ、それからパンざらをのぞいた。パンざらの中は、もうほとんどからっぽになっていた。

パーシーの食べるスピードといったら、ものすごくはやいんだ。

みるみるうちに、ママのおでこに、偏頭痛《へんずつう》がはじまるときのようなしわがよった。

ところがそのとき、パーシーがテーブルクロスのはじっこをもちあげ、ママがししゅうした花のひとつを指でなぞりだした。

「すごいきれい！」パーシーはためいきをついた。「なんてみごとなフェザーステッチ！　クロスステッチもぴったしそろってる。これ、ぜんぶおばさんがやったの？」

「え？　あなた手芸《しゅげい》にきょうみがあるの？」ママがきいた。

「そうだよ。パーシーはししゅうに目がないんだ」ぼくがいった。

するとママはたちまち、パーシーのとげとげした髪型《かみがた》のことなんかわすれてしまった。そして、まんまるい小型のお日さまみたいににこにこしながら、しまってあったテーブルクロスをどんどんだしてきた。

パーシーは、どれもこれもすばらしいといった。いままでの人生で、こんなにきれいなへムステッチはみたことがないともいった。

ぜんぶみせおわると、ママは、パーシーの頭をぽんぽんとたたいた。

「あなたと会えて、ほんとうにうれしいわ。で、これから、なにしてあそぶの？　ダイヤモンドゲーム？」

「いいや、この家をみてまわるんだ」パーシーはこたえた。

ぼくたちは地下室からはじめた。

そこにはパパのスクーターと、古い金歯がしまってある金庫がおいてあった。

一階は、カケスのはくせいがかざってあるゲーム室。そのとなりは書斎《しょさい》になっていた。パパが診《しん》療《りょう》のあいまに、黒いまくらをおなかにのせて休憩《きゅうけい》するへやだ。

二階の居間《いま》にはいると、パーシーは大きなシャンデリアをじろじろとみあげたり、ピアノのけんばんをたたいたりした。食堂《しょくどう》にはたいしたものがなかったので、すどおりした。

そしてとうとう、やねうらのぼくのへやへやってきた。

パーシーはすぐに、ぼくのもちものをゆかにひろげて、ながめだした。

「ねえ、なにかすきなもの、みつかった？」ぼくはきいてみた。

「ああ、あのシャンデリア。あれはじつにいいものだな」

「シャンデリア？　あれはだめだよ。もっていけないよ。すぐにみつかっちゃうもの」

「そうだな。じゃ、まあ、これだけでいいや」

パーシーがこれだけといってえらんだのは、おじいちゃんにもらった望遠鏡《ぼうえんきょう》、柔道《じゅうどう》の本、ハーモニカ、赤ちゃんのときだいじにしていた犬のぬいぐるみ。

虫めがねだけは、ぼくがとっさに自分のポケットにほうりこんだので、とられずにすんだ。

パーシーはよれよれの犬をだきしめると、ぼくをみた。

「なにか、わすれてることはないか？」

「わすれてること？」

「もうひとつのへやさ」

「へや?」

「ハハ、となりのへやだよ。とぼけるなよ。おれをだますつもりかい? まったく、おまえはいい実業家になれるよ。さ、そっちのへやになにがあるか、行ってみようぜ!」

そこはにいちゃんのへやなんだといっても、むだだった。にいちゃんは命にかかわるくらいきけんなやつなんだといっても、むだだった。

「おまえはおくびょうものじゃないだろ?」

パーシーはそういうと、ぼくをにいちゃんのへやへひっぱりこんだ。

そしてすぐに、たなを発見した。にいちゃんがひみつの雑誌《ざっし》をかくしているあのたなを。

パーシーは歯のすきまからピューッと音を

たてると、雑誌《ざっし》をひきずりだした。

「ヤッホー、ずいぶんあるじゃないか！」パーシーはにんまりわらい、読みふるしの『スーパーマン』や『ターザン』や『バットマン』を気どってパラパラとめくった。

そして、とうぜんのことながら、べつの雑誌《ざっし》も発見した。はだかの女たちがのっているあの雑誌《ざっし》を。

パーシーはもう一度、歯のすきまからピューッと音をたてた。

はだかの胸《むね》。あみタイツのもも。

なかでもパーシーは、ハイヒールをはいた、ぶあついくちびるのすっぱだかの女を、くいいるようにながめていた。

「ほんものの金髪《きんぱつ》だ」

「うん。どこもかしこも」

「くちびるもいい」パーシーがうっとりとした声をだした。「こんなのとキスしたら、どんなかなあ……」

「ちぇっ、きみはキスしたことあるの？　いろんな女の子と？」

「まあな。いまのところ、三人かな」

「ぼくはひとりもないや。どうやるのかも、よく知らないし」

「カンタン、カンタン。すぐに、おぼえられるよ」パーシーはそういって、雑誌《ざっし》をめくりつづけた。

ぼくはふと、足の体操《たいそう》のマリアンヌのことを思いだした。

ところがそのとき、下からにいちゃんのよぶ声がした。

ぼくたちは、大あわてにあわてて雑誌《ざっし》やマンガをたなにしまい、ぼくのへやへとびこんだ。

にいちゃんは階段《かいだん》をあがってくると、ぼくのへやをのぞきこみ、うたぐりぶかい目でぼくたちをにらんだ。

「まさか、おれさまのへやにはいらなかっただろうな？」

「はいってないよ」

ぼくがこたえると、にいちゃんはドアをしめて行ってしまった。

パーシーはさっそく、えらんだ品物をリュックにつめはじめた。ほっぺたは、グスタフソンさんのうちになっているリンゴのようにまっ赤にほてっていた。

「なあウルフ。おれ、あの雑誌《ざっし》ぜんぶほしい。きれいな写真がのっているやつ、ぜんぶだ」

「だめだよ。ぼく、にいちゃんにころされちゃうよ」

「でも、それは魔法《まほう》の運動ぐつがなければの話だろ。あれがあれば、なんだってできるんだぞ。わすれたのか？　あした、学校へ雑誌《ざっし》をもってくることぐらい、カンタンさ」

「う、うん」ぼくは、うなずきながら考えた。

パーシーがまだなにかほしいといいだすまえに、でかけたほうがよさそうだ。

「外へ行こうよ。ほんもののはだかの女の人がいるところを知ってるんだ」ぼくはパーシーにいった。

11 キスのしかた

ぼくたちは老人《ろうじん》ホームへ行ってみたけど、木立の中でおっぱいをだして日光浴《にっこうよく》をしているおねえさんはひとりもいなかった。時間がおそかったし、老人《ろうじん》ホームの高くそびえるえんとつの上には、どんよりとした雲がひろがっていた。

そこでぼくたちは、オルソンさんのうちへ行くことにした。

オルソンさんは、近くの黄色い家にすんでいて、うずまき印《じるし》のコルセットを売っているおばさんだ。

コルセットは女の人たちのあいだではやりの下着だ。つやつやした、のびちぢみする生地《きじ》でできていて、やせてみえるように、おなかとおしりをしめつけるものなんだ。

つまり、どういうことかというと……

赤いほっぺたの、おなかのたぷたぷした、ずんぐりむっくりの女の人が、オルソンさんのうちへはいっていく。しばらくするとその人は、青白い顔のコチコチのスマートなオバサンロボットになってでてくるってわけ。

どうやって変身《へんしん》するかは、オルソンさんのうちのまどごしにのぞきみることができる。

ぼくたちもさっそく、見物することにした。

つま先立ちでまどの下に立つと、まどはすこしあいていて、へやの中のラジオからアコーディオンの曲がながれていた。

「しめしめ」パーシーはつぶやいた。

オルソンさんはぼくたちにせなかをむけて、はだかのお客さんにピンク色のコルセットを着せているところだった。

「これが最新型《さいしんがた》ですのよ」オルソンさんはそういいながら、お客さんのからだをコルセットにおしこんだ。

お客さんのおっぱいは、まっすぐ前につきだしたカチカチの三角すいに、ぽん、ぽん、とおさまった。

できあがったすがたは、まるでピンクのよろいを着た騎士《きし》のようだ。

「フウ!　ああ、くるしい!」

お客さんはあえいだけれど、オルソンさんは、「ぴったりですわ」といった。

女の人が鏡《かがみ》をみているあいだに、パーシーはぼくから手にいれたコルクピストルを、こそこそとりだした。そして、けしゴムのかけらをピストルの先につめて、かまえた。

「なにするの?」

「だまってみてな」パーシーはひきがねをひいた。

ピストルうちの天才とは、パーシーのことだ。

玉はみごと、女の人のおしりに命中し、ポョーンとけしゴムがコルセットにはじかれた音がした。

「いたっ!」女の人が肩《かた》をすぼめた。

「どうかしましたか?」オルソンさんがきいた。

「ここが、ちくっとしたの」女の人はおしりのほっぺたをゆびさした。

「そんなはずありませんよ。この型はお肉をはさんだりしません。そんな感じがするだけですよ。のびちぢみするんですから。ほら、こんなにほっそりみえますよ」オルソンさんはいった。

するとパーシーは、急にまどに顔をだした。そして、「おばさんはだまされてるんだ。はだかの

ほうがずっとよかったぜ！」とさけんで、かけだした。

ぼくも、あとにつづいた。

ぼくたちは全速力で走りに走った。

ゲラゲラわらいすぎて、おなかがいたくなった。

しまいには、ふたりして地面にからだをなげだした。


そこは木立にかこまれた原っぱだった。まわりのしげみから、小鳥たちの声がする。

パーシーはリュックをおなかにのせて、木のてっぺんをみあげていた。


「ちぇっ、いい気分だ！」

「ほんと」

「品物には満足《まんぞく》だ！」パーシーはリュックをたたいた。

「ぼくもうれしいよ。もうすぐ運動ぐつが手にはいるんだもん」

「ああ、とうさんもたんじょう日に、おなじくらいよろこんでくれるといいんだけどなあ」パーシーはかみしめるようにつぶやいた。「とうさんがよろこんでくれることが、おれのいちばんののぞみなんだ」

「だいじょうぶだよ。まくらをあげるんでしょ」

「ああ。だけど、とうさんをよろこばすのはむずかしいんだ。ほんとうはなにがほしいのかもわからないし……」

「ぼくのパパは、パガニーニがすきだよ」

「へえ、なんだそれ?」

「レコードだよ。パパはね、それをかけているときはなんでもわすれられるんだって。ごろんと横になって、うれしそうにきいているよ。だけど、ひいているのはヤッシャ・ハイフェッツじゃないとだめなんだ」

「それって、フランク・シナトラみたいじゃないのか?」

「ちがうよ。パパには、もっとちゃんとした音楽っぽくきこえるみたいだよ。どんなときでも、気持ちがよくなるっていってた」

するとパーシーは、ぼくの手をぎゅっとにぎりしめた。

「ウルフ、おれ、そのレコードがほしい。たのむ。あした、もってきてくれ。そしたら、もうほかにはなにもいらないから。な? おまえにキスのしかたもおしえてやるから」

「だけど……あれはぼくのパパが大すきなレコードだよ」

「じゃあ、おれのとうさんはどうなるんだ？　な？　とうさんがよろこぶことを考えてみろ。おまえ、自分のことばっかり考えるのはよくないぜ。それにキスのしかたも知りたいだろ？」

「うん、もちろんさ」

こうしてぼくは、木の下にすわって、パーシーからキスのしかたをならった。

パーシーはまず、どうやって口をつきだすかをみせてくれた。そして、パーシーがいうには、キスするときは、べろをつきだして思いっきりすうんだって。

「それだけさ。あとはちょっと練習したほうがいい」

「練習？　だれと？」

「自分のうでで、ためしてみな」

ぼくは、パーシーにいわれたとおり、自分の左うででためしてみた。ぼくの左うではすぐに、小さな赤いはんてんだらけになった。

やがて、うちへ帰る時間になった。

「うまいぞ、ウルフ。これでキスのしかたがわかったろ。じゃあな。あした、レコードと雑誌《ざっし》をもってくるの、わすれるなよ」

「うん。ぜったい、わすれないよ」ぼくはいった。

パーシーは手をふりながら、きえていった。

ぼくも、ゆっくりとうちのほうへ歩きだした。

左うでをすいながら、どうやってにいちゃんのへやから雑誌《ざっし》をもちだそうか考えた。

12 ぼくの運動ぐつ

夜中の二時に、ぼくは目をさました。まくらの下にしかけておいためざまし時計が鳴ったんだ。

家の中では、パパのコレクションの時計がいっせいに時を打っていた。

ぼくはさっそく、にいちゃんのへやへしのびこんだ。

「神さま、にいちゃんが目をさましませんように。おねがいします」

そっといのってから、ぼくはにいちゃんの上にかがみこんで、ねているかどうかをたしかめた。

にいちゃんは毛布の角を上くちびるにあてて、すやすやと規則《きそく》正しいねいきをたてている。ねているときは、ずいぶんとやさしそうな顔をしているもんだ。

ぼくはちょっとのあいだ、にいちゃんの顔をながめていた。

それからゆっくり、たなへとはっていった。

ありったけの注意をはらって、かぎをまわし、とびらをあけた。はいつくばったまま、上半身をたなの中につっこみ、雑誌《ざっし》に手をのばした。

こわかった。

もしにいちゃんが目をさまして、ぼくのおしりがたなからはみだしているのをみたら、どうなるだろう。ぶじでいられるわけがない！

でも、うまくいった。雑誌《ざっし》をぜんぶとりだせたんだ。

へやへもどると、ぼくはすぐに雑誌《ざっし》をリュックにつめこんだ。パパのレコードは、もういれてあった。それからリュックのひもをむすび、ベッドの下へおしこんだ。

ぼくはもう一度ねむりにつくと、空をとんでいる夢《ゆめ》をみた。

なにものもおそれない自由な鳥のように、木よりも高いところをとんでいる夢《ゆめ》を……。

朝、学校へつくと、パーシーはすぐにリュックのなかみをうけとった。レコードと雑誌《ざっし》をながめ、にっこりして、運動ぐつはあとでやるよといった。

「なっ、取引《とりひき》って楽しいだろ？」

「うん。でも、くつはいつもらえるの？」

「すぐさ。体育のまえにな」

「ほかにはもう、なにもいらないんだよね」

「そうだなあ。おまえの運動ぐつをもらおうかな。はだしで体育をするわけにはいかないからな」

パーシーはいった。

ぼくは自分の席《せき》にすわり、体育の時間になるのをまった。

おかしをちょっと食べた。書きとりもすこしした。計算問題を五つといた。

昼休みに、三つのボールでお手玉をしているマリアンヌをみかけた。

ぼくが、「へえ、じょうずだね」と声をかけると、マリアンヌは、「きのう、ならったの」といった。

そこで、ぼくはこういった。

「きのう、キスのしかたをならったよ」

いよいよ体育の時間になった。

更衣室《こういしつ》へ行くと、パーシーはもうベンチにすわっていた。

ほかの男の子たちがはしゃぎながらとび箱《ばこ》のところへ行ってしまうまで、ぼくたちはまった。

そしてだれもいなくなると、ぼくは、ぼくのま新しい白い運動ぐつをパーシーにわたした。

パーシーはカビ色のくつのひもをほどき、魔法《まほう》の運動ぐつをぼくにさしだした。

ぼくはゆっくりと、それをはいてみた。

「どうだ？　魔法《まほう》の力を感じるか？」パーシーがささやいた。

「うん。すっごい、感じる」ぼくはいった。

魔法《まほう》の運動ぐつは、なまあたたかく、すこししめっぽい感じだった。

立ちあがると、もものあたりがくすぐったかった。

ぼくは、ためしにかるくとびあがってみた。そしたら、やめられなくなった。

ぼくの足がぴょんぴょんやっているあいだに、パーシーは新しいくつのひもをむすんだ。

体育館から、先生の声がした。

「ウルフ！　パーシー！　いつになったらくるの？」

「いま行くよ！」パーシーが返事をした。

ぼくたちは、みんなのところへいそいだ。

パーシーが先に行き、魔法《まほう》のくつをはいたぼくは、あとからぴょんぴょんはねていった。魔法《まほう》の運動ぐつのききめをみせびらかしたかったんだ。

けれども先生は、パーシーのことしかみていなかった。

「まあ、パーシー。わたしがなにをみてるかわかる？」

12
13
14
15
16

「知らないよ」

「あなたのくつよ。ちゃんと新しいのにしたのね。ほんと、うれしいわ」先生はパーシーをだきしめた。

パーシーは、ひどいしかめっつらをした。

それから先生は、ぼくたちに、緑色のマットの上ででんぐり返しをするようにいった。

「平均台《へいきんだい》じゃないの？」ぼくはきいた。

「あとでね。けど、あなた、またこわがるんじゃない？」

「こわがるもんか。きょうはいちばん高いのを歩きたい」

ぼくがそういうと、ベッラがわらいだした。

あんまりゲラゲラわらったので、先生はベッラに、「とび箱《ばこ》のところへ行って、おとなしくしてなさい」といった。

そしてぼくには、「ばかなことというのはもうやめなさい」といった。

ぼくたちは体育館の中をぐるぐる走ったり、ひざをできるだけ高くあげたり、せなかをそらせたり、うでをぐっとのばしたりした。

そうこうしているうちに、体育の時間もおわりに近づいた。

「そろそろ平均台《へいきんだい》をやらなくちゃ」

ぼくがいうと、先生も、「そうね。やりましょう」といった。

さいしょにわたったのは、ベッラだった。

つぎがヨーラン。でも、ヨーランはすぐにおっこちた。

そして、ぼくの番になった。

ぼくは平均台《へいきんだい》をみつめた。足にどっくんどっくん魔法《まほう》の力がみなぎってくるのがわかる。

「先生、もっと高くしてよ」ぼくはいった。

「なにいってるの。これだって、またおちるかもしれないのに」

「そんなことないよ。おちたりしないさ。みてて！」

ぼくは平均台《へいきんだい》にのぼった。そして、期待にみちた目でぼくをみているクラスのみんなに、にっこりわらいかえした。

「みんな、みてろよ。これがほんとうの平均台《へいきんだい》さ！」

「あーあ、また、けつを打つぞ」ベッラがわめいた。

ぼくは第一歩をふみだした。

そして、もう一歩。

ぼくは鳥になったような気がした。自由に空をまう、こわいもの知らずの鳥……。

そのとき、ベルが鳴った。

先生はぼくにうなずいた。

「ウルフ、さ、おりなさい。もうおわりよ」

「まだむこうまで歩いていないよ。つづけていいでしょ?」

「だめ」

「ならみててよ、先生!」そういって、ぼくはとびあがった。ほんとうにあぶないジャンプだった。

「ほらみんな、みて!」

けれども、つぎの瞬間《しゅんかん》、ぼくは平均台《へいきんだい》の下におりていた。先生がぼくをだきおろしたんだ。ぼくは足をばたばたさせたけれど、先生はしっかりとぼくをだいていた。

先生が手をゆるめたとたん、ぼくは更衣室《こういしつ》へむかって走りだした。

「先生のばか! ぼくはひとりでも、ちゃんとできたのに!」ぼくはふりむきもせず、さけんだ。

そして、すぐにシャワーにとびこんだ。

ぼくは、シャワーの下にじっと立っていた。

ほっぺたの涙《なみだ》をだれにもみられたくなかったから、つめたい水がジャージャーと顔を打つにまかせていた。

すこししてぼくが更衣室《こういしつ》へでていくと、みんなはぼくをとりかこんだ。

「すごいぞ、ウルフ。うまくいくのがわかっただろ？」パーシーがいった。

するとベッラが、「とってもおじょうず、もうすぐ三歩だった！」といってわらいだした。

ベッラは、洋服かけのフックにつかまってからだをささえながら、ゲラゲラわらった。

「ベッラのいうことなんか気にするなよ」ウッフェがいった。

「うん、気にしないよ」

ぼくはそうこたえると、ベンチの上に立ってさけんだ。

「ぼくの平均台《へいきんだい》をみたい人、二時に鉄橋に集合！」

13
にいちゃんに一発

ぼくが鉄橋へ行ってみると、みんなはもうあつまっていた。

エーリック、ベッラ、ヨーラン、クリッラン、パーシー、それにウッフェ。ぼくの平均台《へいきんだい》をみたい子たちばっかりだ。

足の体操《たいそう》でいっしょのマリアンヌもいる。

「橋をわたるって、おまえひとりで？」ベッラがきいた。

「そうさ。手すりの上をね」ぼくはいった。

みんなはしんとなった。

鉄橋の手すりはほそくて、緑色の鉄でできていた。

内がわには、せまい歩道と電車がガタゴト行きかう線路があるけれど、外がわにはなにもない。

「おまえ、ばかだよ」

「そうだよ。あぶないよ」エーリックとヨーランがいった。

ベッラは、橋のはるか下の岩だらけの原っぱに目をやってから、ぼくをみた。

「おまえ、おちるぞ。いつもの平均台《へいきんだい》みたいに」

「もう、みてられないや……」ウッフェは行ってしまった。

ぼくは、ウッフェのせなかをみおくってから、両手を手すりにかけた。

よじのぼろうとすると、パーシーがぼくの肩《かた》をおさえて、ささやいた。

「やめとけ」

「なんで？　ぼくはなんでもできるんだよ」ぼくはいいかえした。

「ウルフ、ばかなことするな。箱自動車《はこじどうしゃ》を返すよ。なにもかも、ぜんぶ返すから。やめろって！」

「ははん、パーシー、くつを返してほしいんだね？　でも、だまされないぞ。ぼくはそこまでばかじゃないよ」ぼくは、パーシーの手をはらいのけて、手すりの上にあがった。

「ウルフの大ばか！」パーシーがどなった。

でも、ぼくは気にしなかった。顔にあたるつめたい風が気持ちよかった。

ぼくは、そろそろと歩きだした。

とおくのほうで、電車のカタタタ……という音がきこえている。

「おまえ、おちて死ぬぞ。かけてもいい」ベッラがいった。

「よし、むこうまでわたれるほうに五クローネだ」ぼくはさけんだ。

「ハハ、おまえの負けにきまってるさ」ベッラはいった。

ぼくはかまわず、歩きつづけた。だんだんと調子がでてきた。

マリアンヌはにこにこしながら、ぼくをみあげて立っていた。

足には魔法《まほう》の力がぐんぐんみなぎってくる。

ああ、なんてすごいくつなんだ！　下のほうの木で、鳥たちも満足《まんぞく》げにうたっている。

ところが、橋のまん中まできたとき、電車がやってきた。ぼくのうしろから、緑色のかいじゅうのように、うなりながら近づいてきたんだ。

橋全体がゆれだした。

ぼくの足もゆれだした。

「ほら、おれの勝ちだ！　もうすぐおちるぞ！」ベッラがどなった。

ぼくのからだは、前にうしろにぐらぐらとゆれた。

地面がうんと下のほうにみえる。頭の中がぐるぐるまわる。

魔法《まほう》の力は足からながれて、きえてしまった……。もうだめ。おちる……！

そう思ったとき、マリアンヌの声がした。

「ウルフ、つかんで！　つま先にしっかり力をいれて！」

ぼくの足は、あやういところで手すりにふみとどまった。

電車が行ってしまうと、だんだんと橋のゆれもおさまった。

ぼくはマリアンヌに手をふり、また歩きだした。

おしまいに近づくと、ぼくはゆっくりと歩いた。胸《むね》がドクドクした。

心臓《しんぞう》はまだちゃんとうごいている！

こうしてぼくは、さいごまでわたりきった。

いっせいに歓声《かんせい》があがった。

「なっ、おれがいったとおり、うまくいっただろ？」ベッラは、ぼくのせなかをドンとたたいた。

ヨーランは横にはりだした両耳をひっぱってみせた。

パーシーはまっさおな顔をして、ぼくをみつめていた。

「わからない。どうしておまえにできたのか、わからない……」

「ただ歩いただけさ。カンタン、カンタン。もしおのぞみなら、こんどはうしろむきに歩いてみせ

るよ」ぼくはまた、手すりに手をかけた。

すると、マリアンヌがその手をおさえた。

「あたしに、ほかのこともみせて。あなたがきのうならったことを！」マリアンヌはぼくにささやいた。


うちへ帰ると、あまりのうれしさに、ぼくはめまいがした。木のかげで、マリアンヌと三回もキスしたんだ。それから、さいごの一回は電話ボックスの中で。

マリアンヌとキスしたばっかりのくちびるで口ぶえをふきながら、ぼくはやねうらへと階段《かいだん》をかけあがった。

ぼくの頭はマリアンヌのことでいっぱいだった。にいちゃんのすがたをみるまでは……。

にいちゃんは、階段《かいだん》のいちばん上に立っていた。

「ウルフ、きょうはばかにきげんがよさそうだな」

「うん。そうだよ」ぼくはにっこりした。

「でも、もうおしまいだ」にいちゃんは両手のげんこつを、ウォーミングアップに、二、三回ふっ

てみせた。顔はシーツみたいにまっ白だった。

「どうしてさ？」ぼくはきいた。

「おれの雑誌《ざつし》をとったろ！　そんなことしたら、おまえをぶちのめしてやるといったはずだ」

「うん、そうだったね」

「ほんとに、ぶちのめしてやる」

「まってよ。ぼくたち、なかよくできないかな」

「できるわけないだろ」

「でも、血はつながってるんだよ。話しあえるはずさ。楽しくやれるはずだよ。けど、どうしても、にいちゃんがぼくをなぐるっていうなら……そんなら、ぼくも一発おみまいさせてもらう！」

これをきいて、にいちゃんはわらいだした。そして、ぼくに突進《とっしん》してきた。

運動ぐつをはいていたぼくは、ひざでかるくリズムをとった。それから、右うでをうしろにひき、一歩、横にステップをふんで、にいちゃんの鼻めがけて、うでをふりぬいた。

ズボッ！　スーパーマンみたいに、すばらしい一発だった。

「ウウウ……なにするんだよ」

「一発おみまいするっていったろ」

にいちゃんは両手で鼻をおさえ、目をほそめた。それでも体勢《たいせい》を立てなおそうと、ぼくをにらんだまま、二歩うしろにさがって、右手のにぎりこぶしをふりあげた。

ところが、「行くぞ！」とさけんで、もう一歩うしろにさがったとたん、にいちゃんは階段《かいだん》をころげおちた。

ドド、ドス、ドスン、ドスン！

にいちゃんは階段《かいだん》のいちばん下で、ぴくりともせず、のびていた。

ぼくには、信《しん》じられなかった。

ぼくがにいちゃんをなぐったなんて……。やっぱり、ぼくはなんでもできるんだ！

ぼくは階段《かいだん》をかけおりると、うめいているにいちゃんの顔をのぞきこんだ。

「いたかった？」

「ウウッ。こいつめ、まて！」

でも、ぼくはまたなかった。にいちゃんがおきあがるまえに、矢のようににげだしたんだ。

こんなにはやく走れたのも、生まれてはじめてだった。魔法《まほう》の運動ぐつがまもってくれなかったら、こうはいかない！

「こら、まて！ ぶちのめしてやる！」げんかんまでくると、にいちゃんがおこっておいかけてくる声がした。

ぼくはさっさと道に走りでた。

にいちゃんは、ハアハア息をはずませて、すぐうしろをおってきた。

ぼくは、グスタフソンさんのうちといいかおりのするパン屋さんの前をとおりすぎ、坂をかけおり、礼拝堂《れいはいどう》の外でまっているぴかぴかの車の横をかけぬけた。

「とっつかまえてやる！」頭のすぐうしろで、にいちゃんがどなった。

ぼくは礼拝堂《れいはいどう》にとびこんだ。


中はうすぐらく、ひんやりとしていた。

ろうそくに火がともり、ゆかには、花でかざられた白い棺《かん》おけがおいてあった。

黒い服のおとなたちが、しんこくな顔つきで、棺《かん》おけをみつめている。

棺《かん》おけのそばに立って話をしている牧師《ぼくし》さんの声がひびきわたった。

ぼくは、うしろの出口に近いほうのだれもいない席《せき》にすわり、にいちゃんがあとからやってくるのをまった。

けれども、にいちゃんはこなかった。

ぼくはそこにすわったまま、ゆらゆらゆれるろうそくのほのおと、かべにかかったキリストの像《ぞう》をながめていた。

そしてオルガンが鳴りだすと、いすの下にすわりこんで、小さな手をあわせて神さまに感謝《かんしゃ》した。

「神さま、くつをありがとうございます。アーメン」

前のほうではおとなたちが、棺《かん》おけのそばへ行ってちょっと立ちどまり、頭をさげて、また席《せき》にもどってきた。

ぼくもおなじようにした。

ちょっとのあいだ立ちどまり、棺《かん》おけをみつめ、オルガンからながれてくる悲しくも美しい調べに耳をかたむけた。

「さようなら」ぼくは、棺《かん》おけにむかってつぶやいた。

ぼくのまんまるいほっぺたには、涙《なみだ》がながれていた。ぼくはないていたんだ。魔法《まほう》の運動ぐつを手にいれたうれしさのあまりに……。

14

「ウルフはそんな子じゃありません」

ぼくはしあわせだった！

くつは、パパとママにみつからないように、げんかんの外の階段《かいだん》の下にかくしておいた。そして朝になると、オルソンさんのうちの植えこみのかげにすわってくつをはき、おどるような足どりで学校へ行った。

道のとちゅうにある石という石は、ぜんぶ、けとばした。

そうさ、ぼくはなんでもできるんだ！

だから、まずは、カシの木の下でマリアンヌをだきしめた。

それから、ベッラに五クローネをせいきゅうした。昼休み、ベッラがタバコ屋さんへガムを買いにいくとちゅうで、ぼくはあいつのシャツをつかまえたんだ。

「ベッラ、金をだせよ」

「なんの金さ?」

「ぼくがこうして生きのこった金さ。鉄橋でかけをしただろ」

するとベッラは、にやっとわらい、水たまりにペッとつばをはいた。

「おまえになんか、やらないよ。ばーか!」ベッラはまた、うすわらいをうかべた。

「なら、こうだぜ!」

ぼくはそういって、ベッラの制帽《せいぼう》をはぎとり、ボールがわりにちょっともてあそんだ。そして水たまりになげいれ、その上でとびはねた。

帽子《ぼうし》のつばがバリッとわれた。

「なにするんだよ?」ベッラがさけんだ。

「制帽《せいぼう》の上でとびはねてるのさ」ぼくはうれしくなって、大声でわらわずにはいられなかった。

「おい、どうしてそんなことするんだ?」

「わからない、ハハハ……」

「自分でなにをしてるか、わからないのか?」

「わからない。こんなこと、はじめてだから。金をくれないなら、つぎはきみの上で、とびはねてやる!」

こうしてぼくは、五クローネを手にいれた。そして、ベッラが帽子《ぼうし》をひろいあげているあいだに、さっさとにげだした。

ベッラの制帽《せいぼう》は、びしょびしょのチョコレートプリンみたいになっていた。

学校の帰り、パーシーとぼくは、ばくちくを買いにいった。ソッケン広場まで行って、ほんとうなら子どもが買えないはずの、強力なばくちくを手にいれたんだ。

「これでなにをするつもり？」パーシーがきいた。

「わからない。とにかく、あしたまでとっておこう」ぼくはいった。

夜、ココアを飲んでいると、電話が鳴った。ベッラのママからだった。

ベッラのママはものすごいキンキン声だったから、ぼくのママはこまくがやぶれないように、受話器《じゆわき》を耳からすこしはなした。そして、受話器《じゆわき》にむかっていった。

「そんなはずありません。だれだか知りませんけど、ウルフじゃありませんわ。ウルフはそんな子じゃありませんもの。これ以上《いじよう》お話ししてもむだです！」そういいきって、ママは受話器《じゆわき》をおいた。

もどってきたママの顔は青かった。

「だれからだったんだい？」パパがきいた。

「ベッラの母親からですよ。あの人ったら、ウルフが、ベッラの制帽《せいぼう》を水たまりになげいれて、ふみつぶしたっていうんです。あんな人と話しても、らちがあかないわ」ママはぼくのところへきて、ぼくをだきしめ、ぼくの髪《かみ》の毛をかきあげた。

ママは、ぼくのさらさらの髪《かみ》の毛をさわるのが大すきなんだ。

「ねえ、ウルフ。あなたはいい子よね」

「う、うん」ぼくはママにもたれかかった。

つぎの日、学校がおわると、パーシーとぼくはいっしょにさんぽをした。

もちろん、ぼくは魔法《まほう》の運動ぐつをはいていた。

ぼくたちは近所を一周《いっしゅう》した。

外はあたたかく、鳥が鳴いていた。気分は最高《さいこう》だった。ポケットには、まえの日に買ったばくちくがはいっていた。

ぼくたちは、木の間にほしてあるパンツやシャツをのぞいたり、さくのそばにきてほえたてる犬たちにピーピー口ぶえを鳴らしたりした。

「さてと……ウルフ、これからなにをする？」パーシーがきいた。

「郵便《ゆうびん》受けを爆発《ばくはつ》させよう！」

ぼくがいうと、パーシーは立ちどまった。

「なにをするって？」

「わからない」

「郵便《ゆうびん》受けを爆発《ばくはつ》させるって、いまいったじゃないか」

「ぼく、そういったっけ？　うん、そりゃきっとおもしろいよ」

郵便《ゆうびん》受けを爆発《ばくはつ》させたことは、にいちゃんもぼくも、これまでの人生で一度もなかった。ぼくたちは、近所でも評判《ひょうばん》の、おとなしくておぎょうぎのいい兄弟なんだ。

でもそのときのぼくには、郵便《ゆうびん》受けを爆発《ばくはつ》させることが、このうえもなくすばらしいことに思えた。

「まずはこいつからさ」ぼくがいったのは、緑色のスチール製《せい》のグスタフソンさんの郵便《ゆうびん》受けのことだった。

ぼくは、シュルシュル音をたてるばくちくをひとつ、郵便《ゆうびん》受けにつっこんだ。そして、ふたをすると、そばの電柱まで走った。

パーシーは耳をふさいでそこに立っていた。

ボン！

ほのおがまっすぐあがり、ふたがふきとんだ。ふたはきれいなアーチをえがいて、地面にバンとおちた。黒いけむりがふわふわと風にのってただよってきた。

「げっ、すごい音！」パーシーはヒュッと息をすった。「もう帰ろう」

「えー、もっとやろうよ」ぼくはいった。

そうしてぼくたちは、バルブ通りとムンク通りで、おなじことをくりかえした。

郵便受《ゆうびんう》けを爆発《ばくはつ》させることがこんなに楽しいとは、夢《ゆめ》にも思わなかった。

うちのほうへひきかえしていくときには、耳の中でバンバンバンとばくちくが歌をうたっていた。

「楽しい一日だったね」ぼくはパーシーにきいた。

「ああ、とってもな。でも、もう帰らなくちゃ」

「うん。じゃ、またあしたね」口ぶえをふきながらうちの門をはいろうとすると、グスタフソンさんがねじまわしを手に郵便《ゆうびん》受けにかがみこんでいるのがみえた。

「こんばんは」ぼくは、ていねいにおじぎをした。


その夜、ちょうど夜食を食べはじめたとき、また電話がかかってきた。

ママはすぐに受話器《じゅわき》にむかって、「いいえ、ウルフじゃありませんわ」といいだした。「あの子はそんなことしてません。なにをおっしゃっても関係《かんけい》ありません。これ以上《いじょう》お話ししてもむだです。ウルフはそんな子じゃありませんから！」

ママは電話をきった。

ぼくは、ぱくついていたソーセージサンドをテーブルにもどした。急に、なんにも食べたくなくなってしまったんだ。

「なんの電話だったの？」ママがもどってくると、にいちゃんがきいた。

「なんでもないわ。ムンク通りで郵便《ゆうびん》受けがこわれたんですって」

「こいつがまたふんづけたのか?」

にいちゃんがきいたけれど、ママは返事をしなかった。そして、「あの女とは、もう口をきかないわ」とつぶやくと、手をのばしてぼくの髪《かみ》の毛をなでまわした。

15 グスタフソンさんの訪問《ほうもん》

それから数日《すうじつ》たったある日、うちへ帰ってみると、グスタフソンさんが食堂《しょくどう》でコーヒーを飲んでいた。グスタフソンさんはボタンがきらっとひかる電力会社の青い制服《せいふく》を着ていた。しらがまじりの髪《かみ》の分け目は、定規《じょうぎ》のようにまっすぐだった。

ぼくは台所へひっこもうとしたけれど、グスタフソンさんはぼくに気がついた。

「やあ、ウルフ。こっちへおいで」

グスタフソンさんはいつもならおこっているようにみえるんだけど、そのときは、うすいくちびるにえみをうかべていた。

ママもにっこりほほえんだ。

「ねえ、みて。こんなにたくさんいただいたのよ」ママはボウルの中の赤いリンゴの山をゆびさした。「グスタフソンさんにあいさつなさい」

「こんにちは」ぼくは右手をさしだした。

「こんにちは。気分はどうか、きいてくれないのかい？」とグスタフソンさんがいうので、ぼくは、

「ごきげんいかがですか？」といった。

「あまりよくないな。どこかの子どもたちに、車にリンゴをぶつけられてね。ちょうどこんなリンゴをね」グスタフソンさんはこたえた。

「まあ、そうでしたの。すこしいかが？」

ママがケーキをすすめたけれど、グスタフソンさんはことわった。

そのかわりに、ボウルからリンゴをひとつとり、ぼくのまるい顔の前にそれをかかげた。あまずっぱいにおいが、ぼくの鼻につんときた。

「子どもたちは、うちのリンゴの木によじのぼって、リンゴをなげつけたんですよ。ブシャッとね」

「まあ」ママがことばをついだ。

「そう。まさにそんな音でしたよ。ウルフ、ブシャッていうのがいい音にきこえるかい？」

「いいえ」ぼくはこたえた。

「そうだろ。ちっともいい音じゃない。車のやねにあたった音だからね。わたしはその子たちをつかまえようとしたんだが、ざんねんながら、おそすぎた。にげられてしまったよ」グスタフソンさ

んはそっとリンゴをもとにもどした。

ママは目をまるくして、グスタフソンさんをみつめた。

「いったい、どこの子たちなのかしら？　そんなことする子がこの町にいるかしら？」

グスタフソンさんはコーヒーカップのさいごの一てきを飲みほした。立ちあがると、ぼくの両肩《りょうかた》にぐっと手をおいた。

ぼくは、グスタフソンさんのボタンにあたってはねかえった光が、せなかまでぐさりとささったような気がした。

「けどね、にげていくところはみたんですよ。そのうちのひとりは、ぽちゃっとしてる子で、こんなシャツを着ていましたよ。ズボンもいまウルフがはいてるのにそっくりで、髪型《かみがた》までおなじだったな」グ

スタフソンさんがいった。

ママはカップをおいた。コーヒーがはねて、テーブルクロスの上にこぼれた。

「ウルフは、そんなことけっしてしません」ママはいった。

「ええ、もちろんです。わたしはウルフが礼儀《れいぎ》正《ただ》しく、しつけのゆきとどいた子だって知ってます。でも、もしそれを知らなかったら、犯人《はんにん》はウルフだといわざるをえなかったでしょう。それほど似《に》てるんですよ」グスタフソンさんはぼくの肩《かた》をたたいた。「コーヒー、ごちそうさま。リンゴの味がいいといいんですが……」


その夜、また電話が鳴った。

ぼくが魔法《まほう》の運動ぐつを手にいれてから、毎晩《まいばん》、電話が鳴るようになっていた。たいてい、ぼくがなにか悪いことをしたと、おこった人がかけてくる苦情《くじょう》の電話だった。

そのとき、ママはまどべの花に水をやっていた。

にいちゃんとぼくは、ソファでサイコロゲームをしていた。

パパは家じゅうの時計を、六時三十分にあわせていた。

「電話だ。でないのかね?」パパがきいた。

ママはセントポーリアの前で、じょうろをもったまま、びくともうごかなかった。

「でないわ。きょうは電話にでない……」ママはそういって、ベルが鳴りおわるまで、ほうっておいた。そして、じょうろをおくと、服で手をふき、かべの時計をみた。

「いらっしゃい、ウルフ。でかけましょう」

「どこ行くのさ?」にいちゃんがきいた。

「どこ行くの?」ぼくもきいた。

「映画《えいが》よ。あたしたちには、ちょっと気晴らしがひつようだわ」ママはこたえた。

「へー、郵便《ゆうびん》受けをふんづけると、映画《えいが》につれてってもらえるのかよ」にいちゃんがわめいた。

「だれも郵便《ゆうびん》受けをふんづけてなんかいないわ。郵便《ゆうびん》受けはどれも爆破《ばくは》されたのよ」ママはいいかえした。


ママは、ぼくをかかえるように歩いていった。

ぼくは映画《えいが》へ行くのが大すきだ。ママもそうだ。

ぼくは映画館《えいがかん》のすべてがすきだ。人が行列をつくってまっている階段《かいだん》。やねの上のきれいなネオンサイン。行列にわりこみをする人がいると大声でどなる、カウボーイハットをかぶった係員。

もちろん、いちばんすきなのは、くるくるとかわる大きな画面だ。

でも、その夜のぼくは、映画館《えいがかん》のくらやみに、ひっそりとすわっていた。いすがキコキコ鳴る音がきこえ、ほこりや香水《こうすい》やのどあめのにおいがした。

ぼくは心から映画《えいが》を楽しんでなんかいなかった。まったくべつのことを考えていたんだ。パーシーと、グスタフソンさんのうちのリンゴの木にぶらさがってリンゴをなげたときのブシャッという音。ああ、なんて楽しかったんだろう。郵便《ゆうびん》受けを爆発《ばくはつ》させたときとおなじくらい、楽しかった。でも、もうちっとも楽しいことに思えない。

このごろ、ぼくはそんなことばかりしていた。正真正銘《しょうしんしょうめい》の悪ガキになりつつあるんだ！

ぼくはママの茶色いコートに頭をもたせかけ、だまってママのわらい声をきいていた。映画館《えいがかん》へくると、ママはいつもそうなんだ。前の座席《ざせき》の人たちがふりかえるくらいゲラゲラわらい、まんまるいほっぺたに涙《なみだ》をながすんだ。

ぼくのほっぺたにも涙《なみだ》がながれた。画面なんか、ちっともみていなかったのに……。

ぼくもママも、涙《なみだ》がながれるままにほうっておいた。そして映画《えいが》がおわってから、ふたりして目をふいた。

「これで気分がよくなったわね」

「うん、そうだね」ぼくはいった。

ママが帽子《ぼうし》をかぶりなおすと、ぼくたちは外へでた。

老人《ろうじん》ホームの上に月がぽっかりとうかんでいた。

ぼくたちは、月にむかって歩いていった。

いつもならママは、映画館《えいがかん》にきたほかのおばさんたちと、たくさんおしゃべりをするんだけれど、その夜はだれとも口をきかなかった。

ママとぼくはだまったまま、ぼくがマリアンヌとキスした電話ボックスの前をとおりすぎた。

それからヘム通りをとおった。どの家の郵便《ゆうびん》受けもななめにかたむいて、ふたがこわれていた。

ママは、街灯《がいとう》の下でふと足をとめた。

「ママにはわからないの。どうしてみんなが、あれもこれもあなたのしわざだって電話をかけてくるのか……」

「ぼくにもわからないよ」ぼくはいった。

「あなたにそっくりな子にちがいないわ」

「うん。ほんものの悪ガキだよ」

するとママは、ぼくの髪《かみ》の毛をなでた。

「髪型《かみがた》をかえてみればいいわ」

「うん……」

ぼくとママは、また歩きだした。

16 髪《かみ》を切る

つぎの日、ぼくはパーシーと、カールソンさんのところへ行った。

カールソンさんは町でいちばんやすい床屋《とこや》さんで、お店は自動車修理工場《しゅうりこうじょう》の先にある。

カールソンさんはかなり年をとっている。耳がとおいし、ヘアートニックのにおいのする手は、いつもぶるぶるふるえている。

ぼくはパパからお金をもらい、ママには「分け目をかえてもらいなさいね」といわれてきた。

いすにすわったぼくに、カールソンさんは白い大きな布《ぬの》をかぶせ、首のうしろには一キロもあるかと思うくらいのだっしめんを、つめこんだ。

そして、どなるような大きな声できいた。

「どういうふうにしますかい?」

「分け目をかえて……」ぼくがぼそっとつぶやくと、カールソンさんは「えっ?」とぼくの口に耳

をよせてきた。

そのとき、ぼくの足がぴくっとした。「あの子とおなじにして！」ぼくはすみっこのテーブルでマンガを読んでいたパーシーをゆびさした。そして、いま自分はなんていったんだろうと考えた。

「ああ、あれね。わかりましたよ！」カールソンさんがさけんだ。

カールソンさんはまず、大きなはさみで、だいたいの髪《かみ》の毛をザクザク切りおとした。

それから、古くて黒いバリカンを、ミニカーであそぶときみたいに、ぼくの頭にそって前にうしろにうごかした。ぼくの金色の髪《かみ》の毛は、はらはらとまいおちて、ゆかにこんもり小山ができた。

カールソンさんはさいごにえりあしをかみそりでそると、「これでいいかね？」と大声でいって、まるい鏡《かがみ》にぼくのうしろすがたをうつしてみせた。

　ぼくは、まんまるいドングリそっくりになっていた！

「うん、とってもいいよ！」

「ああ、かっこいいぜ！」パーシーもいってくれた。

　ぼくは、制帽《せいぼう》を手にもって床屋《とこや》さんをでた。かぶると耳の下までずりおちてしまうから。ドングリみたいになった頭はすずしくて、なんだかへんな感じがした。

　ぼくたちは自動車修理工場《しゅうりこうじょう》の前までくると、立ちどまり、修理《しゅうり》ちゅうの車をながめた。カーレースでぶつかりあった車は、でこぼこだらけで、車体の両がわに番号が書いてあった。

「かっこいい！　こんなのほしいよな！」パーシーがいいだした。

「箱自動車《はこじどうしゃ》があるじゃない！」ぼくはいった。

「だけど、こいつもいいぜ」

「ねえ、箱自動車《はこじどうしゃ》でクランパル坂をおりてみようよ」ぼくはパーシーをさそった。

　クランパル坂はこのあたりでいちばん急な坂で、ほとんどま下をむいていた。

「そうしたいんだけど、きょうはだめなんだ」パーシーはいった。「おれ、うちへ帰って、あれをつつまないと……」

「なにを?」

「とうさんへのプレゼントさ。あした、とうさんのたんじょう日だろ。とうさんによろこんでもらいたいんだ」

「もちろん、よろこんでくれるさ。まくらをあげるんでしょ。それにレコードも。きっとパガニーニを気にいってくれるよ」

するとパーシーはにっこりわらい、「リボンもかけなくっちゃ」といって走りだした。

そして、ガソリンスタンドの前でふりむいて、「その髪《かみ》、気にいったぜ。おれたち、兄弟みたいだよな!」とさけんだ。

けれどもママは、ぼくの新しい髪型《かみがた》を気にいってくれなかった。

ぼくが帰るなり、ママはぼくの顔を両手でつかみ、頭をまどのほうへむけてまじまじとながめた。

「どうしてこんなになっちゃったの?」

「分け目をかえてくださいっていったんだけど、カールソンさんにはきこえなかったんだ」

「あなたのきれいな髪《かみ》が……」ママはぼくの頭をなでてみたけど、さらさらとなみうつ髪《かみ》の毛は一本ものこっていなかった。

「でも、とにかくこれで、まちがえられずにすむよ。ぼくがいたずらの犯人《はんにん》だなんて、もうだれも思わないよ」ぼくはいった。

それからぼくは、自分のへやへあがって、夜になってもずっととじこもっていた。にいちゃんがやってきて、モノポリーをしようとドアをたたいたけれど、無視《むし》した。

夜がふけた。

ベッドにねそべっていると、家じゅうの時計がディン、ドン、クリンと鳴りだした。ぼくは、こっそりへやへもってあがっていた運動ぐつをとりだし、まくらの上においた。

「もう、おまえなんていらない！　おまえの魔法《まほう》の力なんて、大きらいだ！」ぼくはくつにむかってつぶやいた。

そして、くつをもってそーっと外のゴミ置《お》き場《ば》へ行こうと考えた。

でも、できなかった。

ぼくはねむりにつくとき、魔法《まほう》の運動ぐつを胸《むね》にだきしめていた。

17 勇気をだして

つぎの日、パーシーは元気がなかった。席《せき》にすわってただぼんやりと、まどの外をながれていく雲や〈木登り禁止《きんし》〉のカシの木をながめていた。

ぼくがクッキーをあげようとしても、手さえださなかったし、ししゅうの時間にも、ぜんぜんはりをうごかさなかった。

「パーシー、なにを考えているの？」先生がきいた。

「きょうは、なんにも考えたくない」パーシーはこたえた。

「そう、じゃあそうしてなさい」先生は、のこりの時間ずっと、パーシーをほうっておいた。

休み時間になるたびに、パーシーはすぐにどこかへ走っていってしまった。ぼくには、パーシーがどこへ行ったのかわからなかった。

それで、さいごの時間がおわったとき、ぼくはパーシーがいなくならないうちにそばへ行った。

「どうしたの？　おなかでもいたいの？」

「べつに」

「ぼくたち、兄弟みたいなもんなんだよ。わすれないでよね」ぼくはいった。

するとパーシーは、つくえのふたをあけ、パガニーニのレコードをとりだした。そして、だまってぼくにつきだした。

「きみのパパ、いらないの？」

「きらいなんだってさ。大きらいなフランク・シナトラと似《に》たようなものだって」

「でも、まくらは気にいってくれたんでしょ？」

「たぶんな」パーシーはそれ以上《いじょう》なにもいわなかった。ただうつむいて、つくえのふたをみつめていた。

ぼくはパーシーのうでをとった。

「パーシー、行こう。なにか、おもしろいことをしよう」

「どこ行くんだ？　またばかなことするんじゃないだろうな？」

「ちがうって。すごく頭のいいことさ」ぼくはにかっとわらった。

ぼくたちはベルク通りを歩いていった。

どこへ行くかは、ぼくにもわからなかった。パーシーの元気のいい、楽しそうなわらい声がききたい。ぼくが思っていたのは、ただそれだけだった。

ぼくのくつは、キュッ、キュッと鳴っていた。

お日さまの光が、ぼくたちの黒いかげをてらしていた。

「まさか、鉄橋じゃないよな」パーシーがいった。

「そうじゃない」

「郵便《ゆうびん》受けでもないだろ？」

「郵便《ゆうびん》受けは、もうあきた」ぼくはこたえた。

とつぜん、ぼくのくつがとまった。ちょうど駅をとおりすぎたあき地にある赤い金属《きんぞく》の箱《はこ》の前でとまったんだ。

「こいつだ！」ぼくはさけんだ。
箱《はこ》には小さなガラスまどがついていた。ガラスをわって、なかのとってをひくと、消防車《しょうぼうしゃ》がやってくるはずだ。サイレンを鳴らし、フルスピードで……。
「よーし、きみのためにおもしろいことをするぞ！　行くぜ！」

つぎの瞬間《しゅんかん》、ぼくはガラスをわり、力いっぱいとってをひっぱった。

警報《けいほう》ベルがけたたましく鳴りだした。

「こいつはおもしろい。よし、にげよう」パーシーがいった。

「にげたら、消防車《しょうぼうしゃ》がみられないよ」ぼくは制帽《せいぼう》を警報《けいほう》ベルにはさみこんで、音をとめた。

「けど、ばかだな。火の気もないのにベルを鳴らすと、五百クローネの罰金《ばっきん》なんだぞ」

「だったら、たき火をすればいいんだ」ぼくはいいかえした。

火をおこすのはかんたんだった。ポケットには、ばくちくをしかけたときのマッチがまだのこっていたし、あとは紙きれをすこしと、えだとかれ葉をあつめればよかった。

みるみるうちに、たき火はもえあがった。

「みてる？　もえてるよ」ぼくはパーシーにいった。

「あ、ああ。みてる……」

ぼくたちは線路の土手に立って、すばらしいたき火をながめていた。

けむりがゆっくり空にのぼっていく。目がしょぼしょぼうるんでくる。

あたりの空気は、熱《ねつ》のためにゆらゆらゆれだした。

「おれのためにしてくれたのか？　おれのために……」パーシーがつぶやいた。

「うん。もうすぐ消防車《しょうぼうしゃ》がくるよ！」

けれども、消防車《しょうぼうしゃ》はなかなかこなかった。

しばらくすると急に、ほのおがはげしくまいあがった。

あっというまに火が草の上をはって、近くの家の植えこみにうつってしまった！

植えこみのむこうがわでは、スプリンクラーがくるくるまわって、庭のかわいた芝生《しばふ》に水をまいている。

ぼくはかけだした。

パーシーはつっ立ったままだった。自分を元気づけるためにもえている火から、目がはなせなかったんだろう。

ぼくは警報《けいほう》ベルのところへ走っていき、制帽《せいぼう》をぬきとった。

ベルはふたたび、けたたましく鳴りだした。

それからぼくは、たき火のそばへかけよった。

めらめらともえている火の前で立ちどまり、しゃがみこむと、ひもをほどいて、くつをぬいだ。

ぼくはいっしゅん、くつをぎゅっとにぎりしめてから、ほのおの中にまっすぐになげこんだ。

ゴムのとけるにおいがした。

「さようなら、魔法《まほう》の運動ぐつ……」ぼくはつぶやいた。

そのとき、さけび声がきこえてきた。

みると、どこかのおばさんがうでを大きくふりながら、「たいへん、火事よ！」とさけんでいる。

「だいじょうぶ。ぼくたち、消防車《しょうぼうしゃ》をよんだから」ぼくは大きな声でいった。

それから、植えこみをかきわけてスプリンクラーまで走った。

足のうらがひりひりした。

ぼくはスプリンクラーのホースをはずすと、火がそれ以上《いじょう》ひろがらないように、植えこみの上に水をまいた。

パーシーがそばにくるまで、水をまきつづけた。

「みろよ。やっときた！」パーシーはうれしそうに声をあげた。

消防車《しょうぼうしゃ》が、サイレンを鳴らして走ってきた。そして、つぎつぎとあき地の草の上になだれこんだ。

消防士《しょうぼうし》さんたちがとびだしてきて、すぐにホースのじゅんびにとりかかった。お日さまの光にヘルメットがまぶしいくらいかがやいていた。

ぼくとパーシーはつっ立ったまま、火がきえていくようすをじっとみていた。

火はまもなくきえた。

ぼくはふと、ぼくの足をみているパーシーに気がついた。

「くつね、火になげいれて、もやしちゃった……」ぼくはいった。

「うん。あれはもう、おまえにはひつようないよ」パーシーはぼくの肩《かた》にうでをまわした。

ぼくたちは歩きだした。

「おれのために、こんなことまでしてくれたやつはいないよ。おまえは、ほんとうにほんとうの友だちだ。こんなこと、生まれてはじめてだ」パーシーはいった。

ぼくたちは、火事をみようとあつまってきたやじうまの前をとおりすぎた。すると、さっき大声でさけんでいたおばさんが、ぼくたちをゆびさした。

「ちょっと、消防署《しょうぼうしょ》にれんらくしてくれたのはこの子たちよ。この子たちがいなかったら、たいへんなことになってたわ！」


つぎの日、ぼくはママといっしょに近所の食料品店《しょくりょうひんてん》へ行った。

ぼくは、おろしたての白いシャツを着ていた。つんつんするみじかい髪《かみ》の毛は水をつけてなでつけてあった。

でも、くつははいていなかった。足のうらがいたくて、とてもじゃないけど、くつをはく気分じゃなかったんだ。パパが、やけどの水ぶくれにバターをぬってはくれたけど……。

ぼくとママがお店へはいっていくと、みんながふりかえってこっちをじろじろとみた。ぼくのことで苦情《くじょう》の電話をかけてきたおばさんたちも大ぜいいた。

ママはなにもいわなかった。だまってお店のおくへとすすんでいき、買いものぶくろをゆかにおくと、ぼくをだきかかえて肉売り場のカウンターの上にすわらせた。

そして、じまんげに胸《むね》をはり、あたりをみまわした。

それから、みんながしずまりかえるのをまって、ママはぼくをゆびさしていった。

「みなさん！　ウルフは悪ガキなんかじゃありません。この子はとても勇気《ゆうき》のあるいい子なんです！」

そこでぼくは、ボクシングの世界チャンピオンみたいに両手を高くあげた。

とたんに台からすべりおちて、またまた、いやというほど、びてい骨《こつ》を打ってしまった。

日本の読者のみなさんへ

この本は、ぼくの子ども時代のことをもとにして書きました。
日本のみなさんにも、これを読んで
おおいにわらっていただきたいと思います。
子どもたちはもちろんのこと、
おとうさん、おかあさんもいっしょになって
楽しんでいただけることを、心からねがっています。

ウルフ・スタルク

ウルフ・スタルク

訳者《やくしゃ》あとがき

この作品は、いまスウェーデンでもっとも注目されている児童《じどう》文学作家ウルフ・スタルクが、自分の子ども時代をもとに書いた物語です。スウェーデンでは、一九九一年秋に『ぼくの友《とも》だちパーシーの魔《ま》法《ほう》の運動ぐつ（Min vän Percys magiska gymnastikskor）』というタイトルで出版《しゅっぱん》され、評《ひょう》判《ばん》をよび、テレビドラマにもなりました。

主人公のウルフは、めぐまれた家庭にそだつ、近所でも評判《ひょうばん》のいい子です。歯医者さんでクラシック音楽がすきなパパ。料理《りょうり》と手芸《しゅげい》がとくいでいつもやさしいママ。そしていじわるだけどにくめないにいちゃんといっしょに、りっぱな家にくらしています。ウルフのなやみは運動神経《しんけい》がないこと。にいちゃんにはなぐられっぱなし、平均台《へいきんだい》からはころがりおちるし、あこがれの『スーパーマン』にはほど遠いおくびょうものです。

いっぽう転校生のパーシーは、ウルフと正反対。運動神経《しんけい》バツグンでけんかも強い。もう、女の子とキスしたこともあります。ただ、家庭にはかげりがあって、パーシーのじまんのとうさんの職業《しょくぎょう》もどうもうさんくさい。

それでもウルフは、パーシーにあこがれます。パーシーみたいに強くなりたいウルフは、パーシーのはいているぼろぼろの運動ぐつがほしくてたまりません。なぜって、それは魔法《まほう》の運動ぐつだから。「おれがなんでもできるのは、このくつのおかげなんだ」と、パーシーはいうのです。ウルフは魔法《まほう》の運動ぐつとひきかえるために、パーシーにいわれるがままに取引《とりひき》に応《おう》じます。そして、ついに魔法《まほう》の運動ぐつを手にいれますが、その結果《けっか》……。

ところで、作者のスタルクは一九四四年ストックホルム生まれですから、物語の舞台《ぶたい》は一九五〇年代、ストックホルム郊外《こうがい》の住宅地《じゅうたくち》ということになります。

そういえば作品のところどころになんとなくむかしっぽいものがでてくる、と気づかれた方もあるかもしれません。たとえば、ボンネットのあるトラック。女の人のあいだではやっているコルセット。ウルフがパーシーにあげたコルクピストルなどのおもちゃ。

子どもたちが制帽《せいぼう》をかぶっていたり、体育の時間におそろいの体操服《たいそうふく》を着ていたり、授業《じゅぎょう》にキリスト教の時間があったりするのも、いまのスウェーデンの学校とはちがっています。

とはいえ、物語全体が古くさいというわけではありません。ストーリーは、子どもたちの会話を軸《じく》にすばやく展開《てんかい》しますし、なによりも、ひとりひとりの登場人物がじつにいきいきと描《えが》かれています。

登場する子どもたちはみんな、遊ぶことと食べることが大すきで、けんかをし、やきもちをやき、キスにあこがれ、自分のしたことになやみます。かっこよくなりたいとひそかにトレーニングするウルフ、父親の愛情《あいじょう》をもとめるパーシー。明るいけれど、どこかに切なさをかかえた子どもたちのすがたは、国や時代背景《はいけい》がちがっても、いまとなんらかわりはないでしょう。スタルクは、あたたかく、そしてするどい洞察力《どうさつりょく》で、友だちや家族関係《かんけい》など少年の毎日をとらえています。

また、会話やさりげない小道具のつかいかたに、スタルクとくいのユーモアがひかっており、続《ぞく》編《へん》二作とあわせて、読者のみなさんに楽しんでいただければ、訳者《やくしゃ》としてこれ以上《いじょう》の喜《よろこ》びはありません。

なお、この作品は、一九九三年、佑学社《ゆうがくしゃ》より『ぼくの魔法《まほう》の運動ぐつ』というタイトルで出版《しゅっぱん》されていましたが、一九九七年、小峰書店から復刊《ふっかん》するにあたり、『パーシーの魔法《まほう》の運動ぐつ』と改題《かいだい》しました。さらに、このたび、「パーシーシリーズ」に、三作目『パーシーと気むずかし屋のカウボーイ』がくわわるのを機《き》に、『パーシーとアラビアの王子さま』ともども、装《よそお》いをあらためることとなりました。

ウルフ・スタルクの世界にぴったりの、はたこうしろうさんの挿絵《さしえ》とともに、すえながく、パーシーとウルフの物語が日本の読者のみなさんに愛《あい》されていくことを、心から祈《いの》っています。

二〇〇九年　夏

菱木《ひしき》晃子《あきらこ》

ウルフ・スタルク[Ulf Stark]

1944年ストックホルム生まれ。スウェーデンを代表する児童文学作家。
1988年に絵本『ぼくはジャガーだ』(ブッキング)の文章でニルス・ホルゲション賞,
1993年に意欲的な作家活動に対して贈られるアストリッド・リンドグレーン賞,
1994年『おじいちゃんの口笛』(ほるぷ出版) でドイツ児童図書賞等, 数々の賞を受賞。
他に『シロクマたちのダンス』(偕成社),『ミラクル・ボーイ』(ほるぷ出版),
『地獄の悪魔アスモデウス』(あすなろ書房),『おにいちゃんといっしょ』,
『ちいさくなったパパ』,『うそつきの天才』,「パーシーシリーズ」(小峰書店) 等がある。

菱木晃子[ひしきあきらこ]

1960年東京生まれ。慶應義塾大学卒業。現在, スウェーデン児童文学の翻訳で活躍。
ウルフ・スタルク作品を多く手がけるほか,『ニルスのふしぎな旅』(福音館書店),
『長くつ下のピッピ　ニュー・エディション』(岩波書店),『マイがいた夏』(徳間書店),
「セーラーとペッカ」シリーズ(偕成社),『ノーラ、12歳の秋』(小峰書店) など多数ある。

はたこうしろう[秦好史郎]

1963年兵庫県西宮生まれ。広告, 本の装幀, さし絵などの分野で活躍。
絵本に『ゆらゆらばしのうえで』(福音館書店),「クーとマー」シリーズ(ポプラ社),
『なつのいちにち』(偕成社),『ちいさくなったパパ』(小峰書店) など,
さし絵に『三つのお願い』(あかね書房),『おにいちゃんといっしょ』(小峰書店) などがある。

パーシーの魔法の運動ぐつ　[パーシーシリーズ]

2009年7月17日　新装版第1刷発行

著者　ウルフ・スタルク
訳者　菱木晃子
画家　はたこうしろう
ブックデザイン　柏木早苗

発行者　小峰紀雄
発行所　(株)小峰書店　〒162-0066　東京都新宿区市谷台町4-15
TEL 03-3357-3521　FAX 03-3357-1027　http://www.komineshoten.co.jp/
組版／(株)タイプアンドたいぽ　印刷／(株)厚徳社　製本／小髙製本工業(株)

ISBN978-4-338-24601-9
NDC949　151P　19㎝　乱丁・落丁本はお取り替えいたします。